小白到大神

視頻版 11:11

一寫就會 日語 變身大神

50音

線上音檔 QR Code

60天！6分鐘學會一行字

圈字練寫　小句輕聊　假名開口

西村惠子、林勝田、山田社日檢題庫小組　◎合著

 前言

「今天也寫了一行日語，好開心」
「50音，一筆一畫寫進心裡」
「日語，是寫給生活的一封情書」
你知道嗎？假名其實是「漢字のQ版分身」！
你知道日語平假名其實是漢字的Q版分身嗎？
這本書帶你穿越時空，看漢字如何「噗通～」變成萌萌的假名！

◎「奈」→「な」
- 漢字原型：像蘋果樹的「奈」！
- 萌化過程：樹枝「咻～」縮成圓弧，變成軟Q的「な」！
- 記憶法：想像「な」在問：「你要吃蘋果嗎？」（奈＝疑問詞超合理！）

◎「仁」→「に」
- 漢字原型：「人」＋媽媽懷抱孩子般的「二」＝相親相愛的「仁」！
- 萌化過程：從溫暖擁抱變成圓潤的「に」！
- 記憶法：看到「に」就想起媽媽抱孩子的溫柔模樣！

◎「奴」→「ぬ」
- 漢字原型：女人（女）＋手在工作（又）＝「順從」的「奴」！
- 萌化過程：用手工作的女生「咻～」變成捲毛的「ぬ」！
- 記憶法：「ぬ」像女生低頭說「遵命～」（抖S屬性爆發！）

◎「祢」→「ね」
- 漢字原型：人跪拜神明（示＋尔）＝「順天意」的「祢」！
- 萌化過程：跪拜神明姿勢「咚！」變成乖巧的「ね」！
- 記憶法：「ね」像在點頭「嗯嗯～您說的對！」

◎「乃」→「の」
- 漢字原型：鬆掉的「弓弦」＝「也就是說…」的「乃」
- 萌化過程：弦線「彈～」一下，變成飄逸的「の」！
- 記憶法：「の」像小貓玩毛線，邊玩邊說「の～其實嘛…」

50音也能這麼可愛？一寫就上癮の魔法練習！三大犯規學習法：

1. 「圓圓VS方方」練習格
    - 平假名寫在「麻糬圓框」裡，像畫QQ糰子～
    - 片假名用「積木方框」，拼出帥氣樂高感！

2. 假名視頻小劇場掃QR碼看：
    掃QR碼看假名小劇場，搞笑情境中學會寫字訣竅，像「き」的第3筆交叉點這類易錯處，一眼抓出，寫字更準確！
    - 平假名→毛筆仙子跳舞
    - 片假名→忍者揮刀
    （還有寫歪的假名被大師修正的爆笑劇情！）

3. 日籍老師「耳朵療癒級」發音線上音檔
    - あ→像咬到草莓大福的驚呼「あ～！」
    - い→像看到貓咪的興奮尖叫「いぃ～！」
    - ん→像撒嬌的鼻音「ん～」
    每天聽10分鐘，你的耳朵會自動切換成「日語模式」！

<u>學50音的好處多到炸裂！</u>
- 看動漫不用等字幕，聽懂聲優撒嬌！
- 唱日文歌不再「谷歌咕嚕」，正確喊出《世界に一つだけの花》！
- 壽司店點餐被師傅誇：「お上手ですね！」

<u>這不是教科書，是讓你笑著學會50音的「魔法繪本」！</u>
現在就翻開，讓假名們自動跳進你的腦袋裡～
「あいうえお？もう完璧！」（50音？早就搞定啦！）

目　錄

前言	2	わ行故事	32	ナ行	71
平假名	7	わ行	33	ハ行故事	78
あ行故事	8	が行	40	ハ行	79
あ行	9	ざ行	41	マ行故事	80
か行故事	10	だ行	42	マ行	81
か行	11	ば行	43	ヤ行故事	82
さ行故事	12	ぱ行	44	ヤ行	83
さ行	13	促音	50	ラ行故事	84
た行故事	14	長音	51	ラ行	85
た行	15	拗音	52	ワ行故事	86
な行故事	16	片假名	59	ワ行	87
な行	17	ア行故事	62	ガ行	94
は行故事	24	ア行	63	ザ行	95
は行	25	カ行故事	64	ダ行	96
ま行故事	26	カ行	65	バ行	97
ま行	27	サ行故事	66	パ行	98
や行故事	28	サ行	67	促音	104
や行	29	タ行故事	68	長音	105
ら行故事	30	タ行	69	拗音	106
ら行	31	ナ行故事	70		

假名就是中國字

告訴你，其實日本文字「假名」就是中國字呢！為什麼？我來說明一下。日本文字假名有兩種，一個叫平假名，一個是叫片假名。平假名是來自中國漢字的草書，請看下面，

安→ あ →あ
以→ い →い
衣→ え →え

平假名「あ」是借用國字「安」的草書；「い」是借用國字「以」的草書；而「え」是借用國字「衣」的草書。雖然，草書草了一點，但是只要多看幾眼，就能知道是哪個字，也就可以記住平假名囉！

片假名是由國字楷書的部首，演變而成的。如果說片假名是國字身體的一部份，可是一點也不為過的！請看，

宇→ウ
江→エ
於→オ

「ウ」是「宇」上半部的身體，「エ」是「江」右邊的身體，「オ」是「於」左邊的身體。片假名就是簡單吧！其它，請看書中附贈的「字源動畫」囉！

小小提醒

（一）CD音檔怎麼聽？掃QR碼就行！

書中提到的【CD1-1】【CD1-2】音檔，請掃描封底（書背面）一個大QR碼，畫面上會顯示「CD1-1」「CD1-2」等字樣，點一下即可播放。隨掃即聽，學習更便利！

清音

日語假名共有七十個，分為清音、濁音、半濁音和撥音四種。

平假名清音表（五十音圖）

あ a	い i	う u	え e	お o
か ka	き ki	く ku	け ke	こ ko
さ sa	し shi	す su	せ se	そ so
た ta	ち chi	つ tsu	て te	と to
な na	に ni	ぬ nu	ね ne	の no
は ha	ひ hi	ふ fu	へ he	ほ ho
ま ma	み mi	む mu	め me	も mo
や ya		ゆ yu		よ yo
ら ra	り ri	る ru	れ re	ろ ro
わ wa				を o
				ん n

片假名清音表（五十音圖）

ア a	イ i	ウ u	エ e	オ o
カ ka	キ ki	ク ku	ケ ke	コ ko
サ sa	シ shi	ス su	セ se	ソ so
タ ta	チ chi	ツ tsu	テ te	ト to
ナ na	ニ ni	ヌ nu	ネ ne	ノ no
ハ ha	ヒ hi	フ fu	ヘ he	ホ ho
マ ma	ミ mi	ム mu	メ me	モ mo
ヤ ya		ユ yu		ヨ yo
ラ ra	リ ri	ル ru	レ re	ロ ro
ワ wa				ヲ o
				ン n

（二）平假名・片假名不好記？專屬QR碼視頻教學劇場幫你記！

假名怎麼寫才對？容易寫錯的地方在哪？別擔心～，每一行假名對應一個專屬 QR碼視頻教學，一掃QR碼就能進入「假名小劇場」！搭配動畫與講解，一眼看懂筆順、寫得又準又好看！

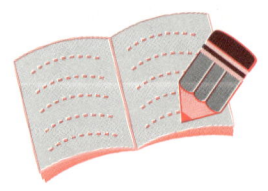

濁音

　　日語發音有清音跟濁音。例如，か[ka]和が[ga]、た[ta]和だ[da]、は[ha]和ば[ba]等的不同。不同在什麼地方呢？不同在前者發音時，聲帶不振動；相反地，後者就要振動聲帶了。

　　濁音一共有二十個假名，但實際上不同的發音只有十八種。濁音的寫法是，在濁音假名右肩上打兩點。

濁音表

が ga	ぎ gi	ぐ gu	げ ge	ご go
ざ za	じ ji	ず zu	ぜ ze	ぞ zo
だ da	ぢ ji	づ zu	で de	ど do
ば ba	び bi	ぶ bu	べ be	ぼ bo

半濁音

　　介於「清音」和「濁音」之間的是「半濁音」。因為，它既不能完全歸入「清音」，也不屬於「濁音」，所以只好讓它「半清半濁」了。半濁音的寫法是，在濁音假名右肩上打上一個小圈。

半濁音表

ぱ pa	ぴ pi	ぷ pu	ぺ pe	ぽ po

平假名

假名是這樣來的

安 → 安 → あ → あ
女人靜靜地坐在家裡！看起來很安心吧！所以是「安穩、和樂」囉！

以 → 以 → い → い
人拿著東西，有「用…」的意思。只是，不知道要幹什麼呢！

宇 → 宇 → う → う
一個家的屋簷，好溫馨喔！「屋內、家」的意思呢！

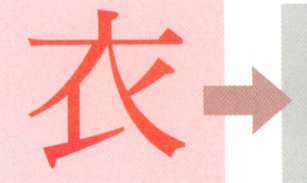

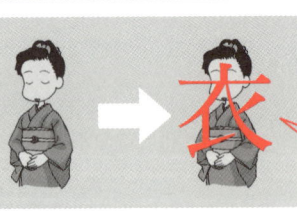

衣 → 衣 → え → え
原來是衣服的領子呢！好記吧！意思是「衣服」喔！

於 → 於 → お → お
這可是烏鴉的形狀呢！用在感嘆的時候。

小小筆記

 掃QR碼看
假名視頻小劇場

 1-3  あ行

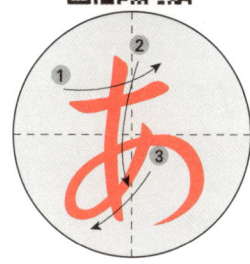
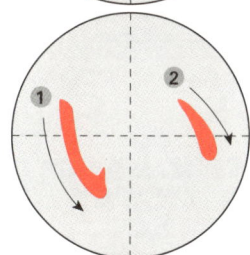
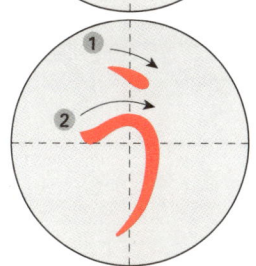
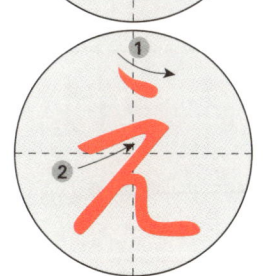
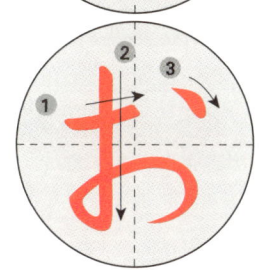

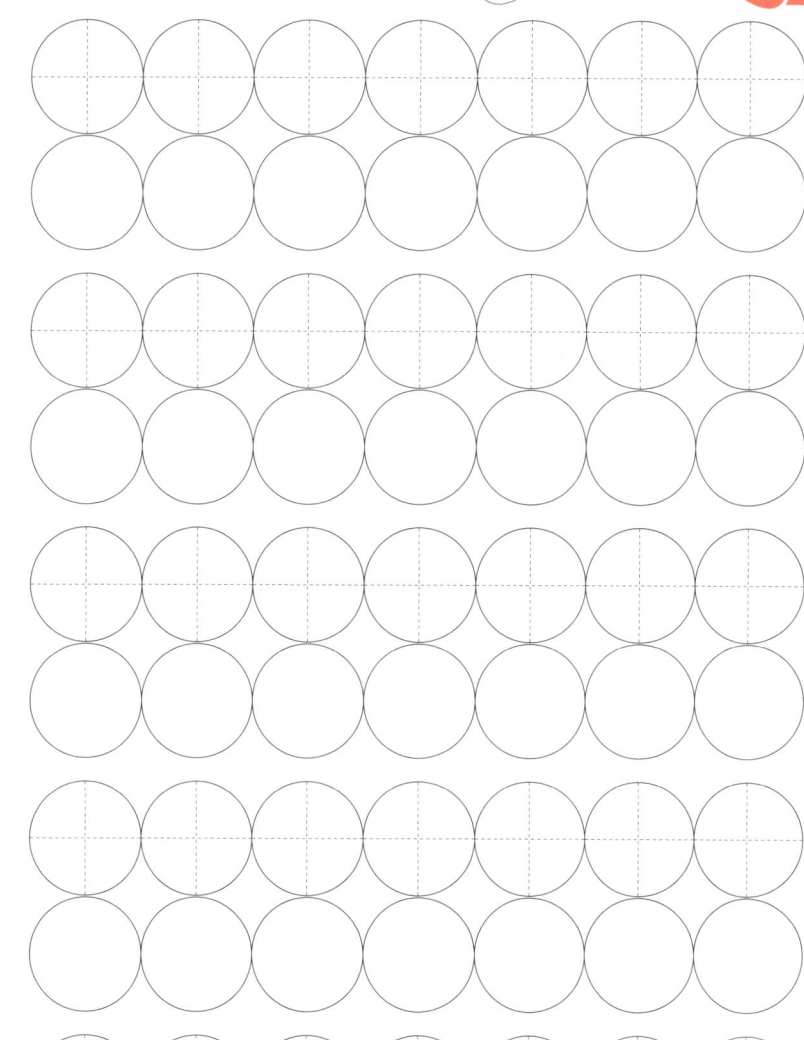

 あり 螞蟻
 いえ 家
 うし 牛
 え 繪畫
 おけ 木桶

9

假名是這樣來的

加 → 加 → か
「力量」加上「口才」也就是很會說話啦!「加上」的意思。

幾 → 幾 → き
人差點被戈砍到了,「丝」是差一點的意思。哇!好險!本來是「預感」。後來是「接近」的意思呢!

久 → く → く
人被後面的東西拉住,停在那裡。「很久」的意思。

計 → け → け
把分散的東西,集中在一起計算,再進行說明。「計算」之意。

己 → こ → こ
哇!線團自己跑出線頭來啦!本意是「開始」。轉變成「自己」的思意。

小小筆記

 掃QR碼看
假名視頻小劇場

 CD 1-3

 か行

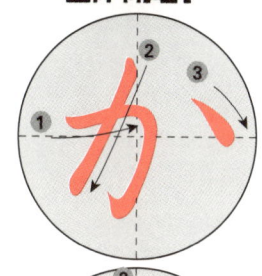
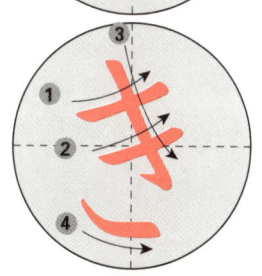
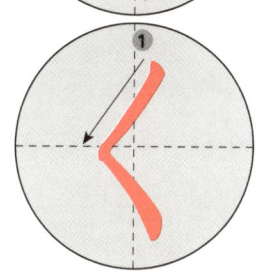
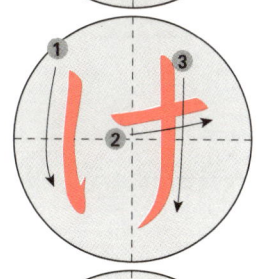
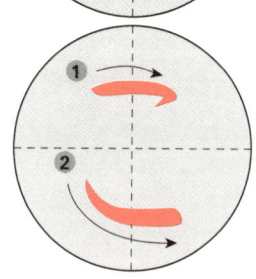

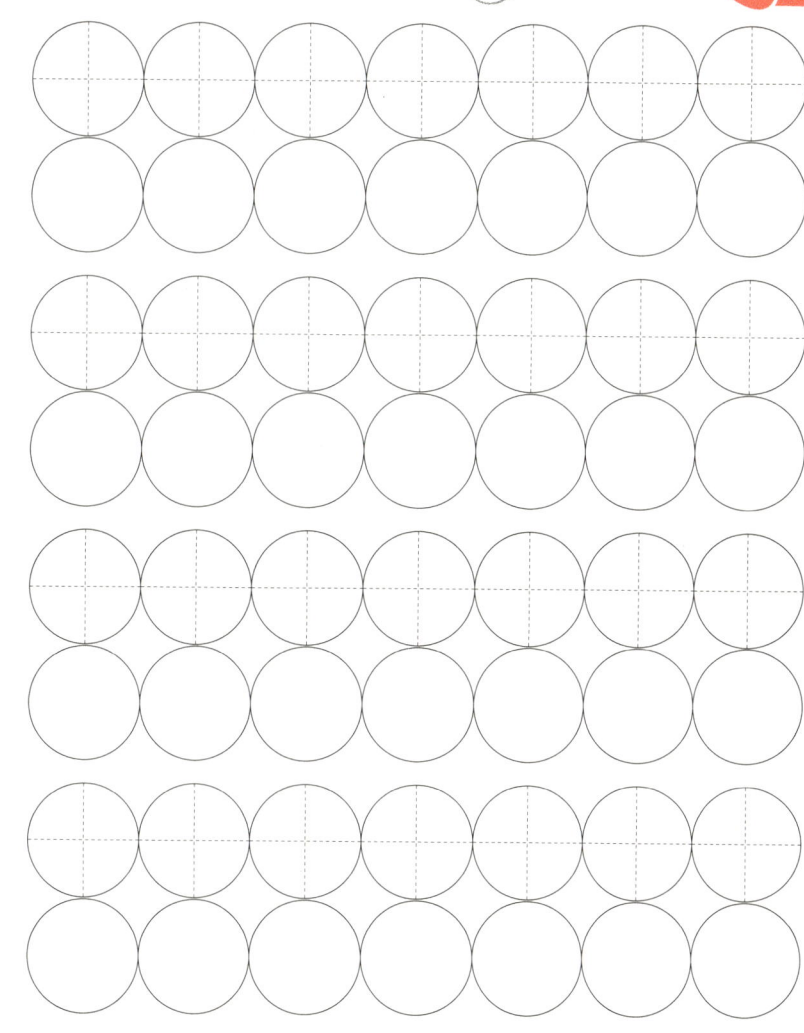

 かき 柿子

 えき 車站

 くま 熊

 いけ 池塘

 こい 鯉魚

假名是這樣來的

左 → 左 → さ

人左手拿著工具。有「左邊」和「輔佐」的意思。

之 → し → し

像人往前走的腳印。借用為「的」「這個」之意。

寸 → す → す

伸出手來把脈。後來變成長度的單位。

世 → せ → せ

三個十年，下面用線連起來。三十年的意思囉！

曾 → そ → そ

蒸籠疊在一起。有「覆蓋、重疊」的意思。

小小筆記

 掃QR碼看
假名視頻小劇場

 CD 1-3

さ行

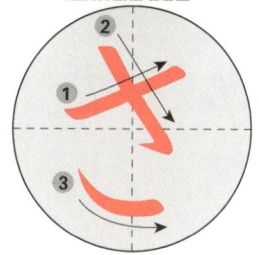
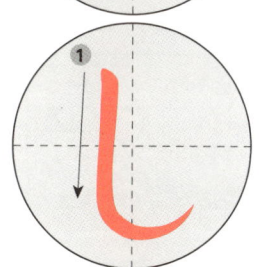
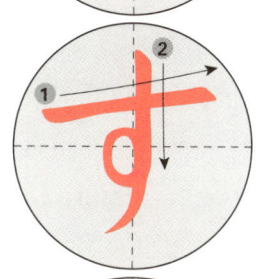
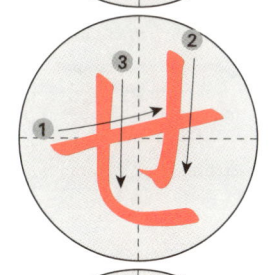
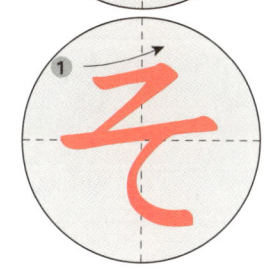

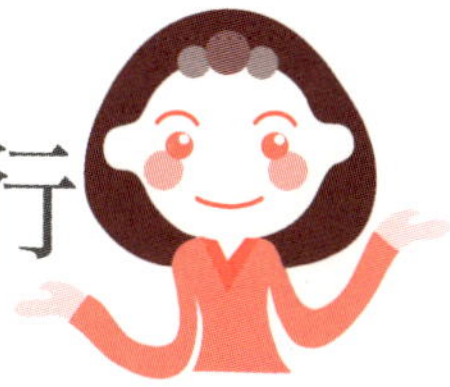

かさ
雨傘

あし
腳

すいか
西瓜

あせ
汗

そら
天空

假名是這樣來的

太 →  → 太 → た → た

兩個大疊在一起，就是「很大」囉！

知 → 知 → 知 → ち → ち

正中目標，又能說得準確。就表示能「明白、理解」了。

川 → 川 → 川 → つ

陸地上有水在流的樣子。「河川」。

天 → 天 → て → て

一個人「大」字擺開，上面有「一」畫，表示天。意思是「最上、最高」。

止 → 止 → 止 → と

形狀像腳印，腳印停在那裡。就是「停止」囉！

小小筆記

 掃QR碼看
假名視頻小劇場

 CD 1-3

 た行

たいこ	とち	つき	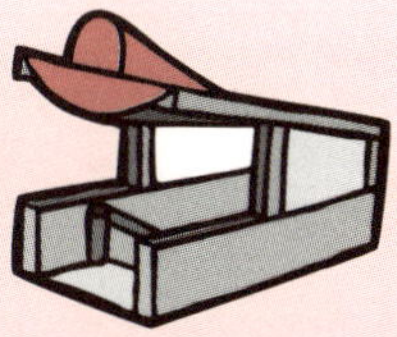 ちかてつ	 とけい
鼓	土地	月亮	地下鐵	錶,鐘

15

假名是這樣來的

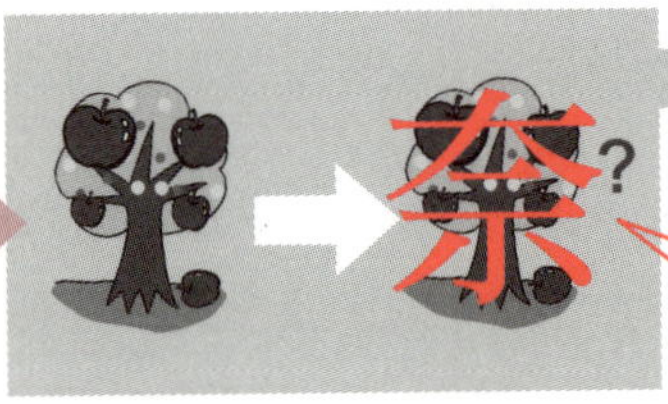

奈 → 奈→奈→な
「奈」是蘋果類的樹。牛頓看蘋果掉下來,產生了疑問。「奈」就是用在疑問詞上了。

仁 → 仁→に→に
一個「人」,再加上像媽媽疼惜孩子的樣子「二」,表示人與人「相親相愛」呢!

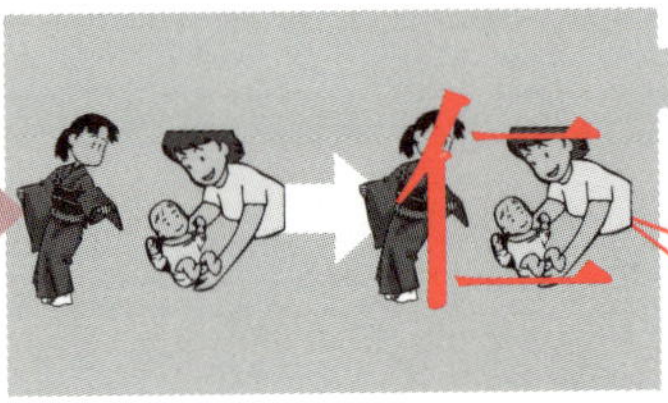

奴 → 奴→ぬ→ぬ
女人用手在工作,像不像三從四德的女人。那就是「順從」了。

祢 → 祢→祢→ね
人跪在神明前面,跟神這麼靠近。於是就有「順天意」之意囉!

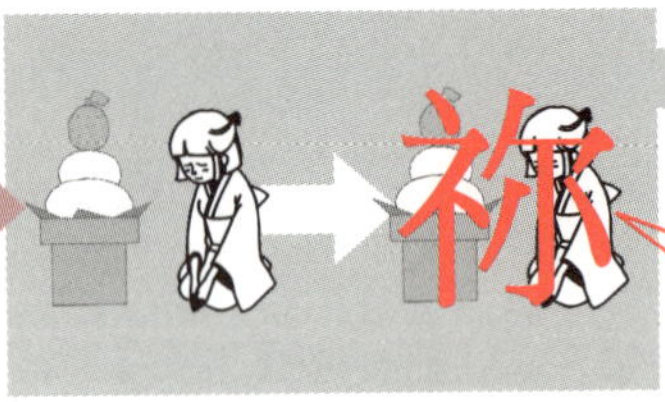

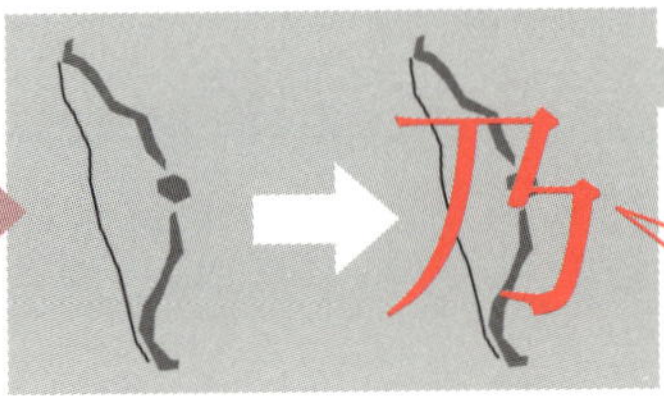

乃 → 乃→乃→の
弓箭的弦鬆掉了,好像有什麼話要說。於是借用成「也就是說」啦!

小小筆記

16

掃QR碼看
假名視頻小劇場

CD 1-3

な行

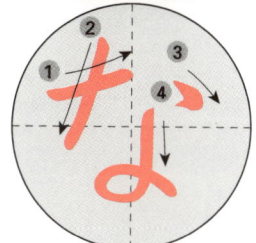
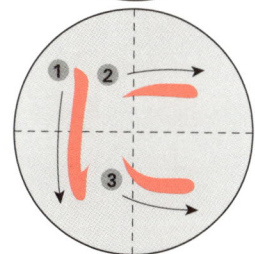
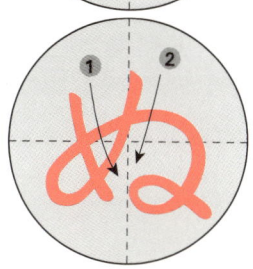
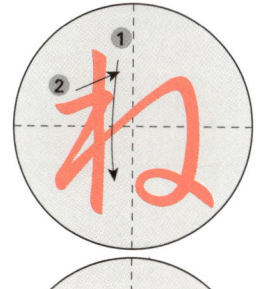
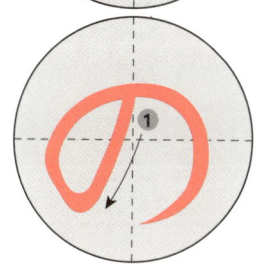

さかな
魚

にく
肉

いぬ
狗

ねこ
貓

たてもの
建築物

17

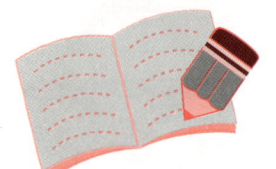

NOTE

假名就在你身旁 我的故鄉

 1-4 聽聽CD把學過的假名圈起來

例：| う | み |
海

| た | き |
瀑布

| じ | ん | じ | ゃ |
神社

| は | な |
花

| い | け |
池塘

| あ | ぱ | ー | と |
公寓

| か | わ |
河川

| こ | う | え | ん |
公園

| が | っ | こ | う |
學校

| く | も |
雲

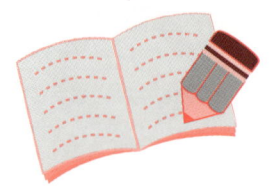

たいよう	せんとう
太陽	公共澡堂
やま	こうばん
山	派出所
てら	だんち
寺院	住宅區
き	まんしょん
樹	公寓大廈
はたけ	いえ
旱田	家

会話 1

がくせい：せんせい、おはよう ございます。
學生：老師，您早。
せんせい：おはよう。
老師：早啊！

会話 2

こども１：おはよう。
小孩1：早啊。
こども２：おはよう。
小孩2：早。

会話 3

はは：いって らっしゃい。
媽媽：路上小心啊！
むすこ：いって きます。
兒子：我出門了！

我居住的街道
MAP

うみ
たき
じんじゃ
はな
こうえん
あぱーと
かわ
おはよう
おはよう
こうばん
せんせい、
おはようございます。
おはよう
がっこう

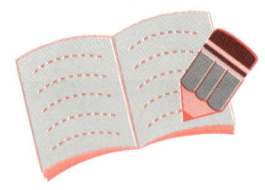

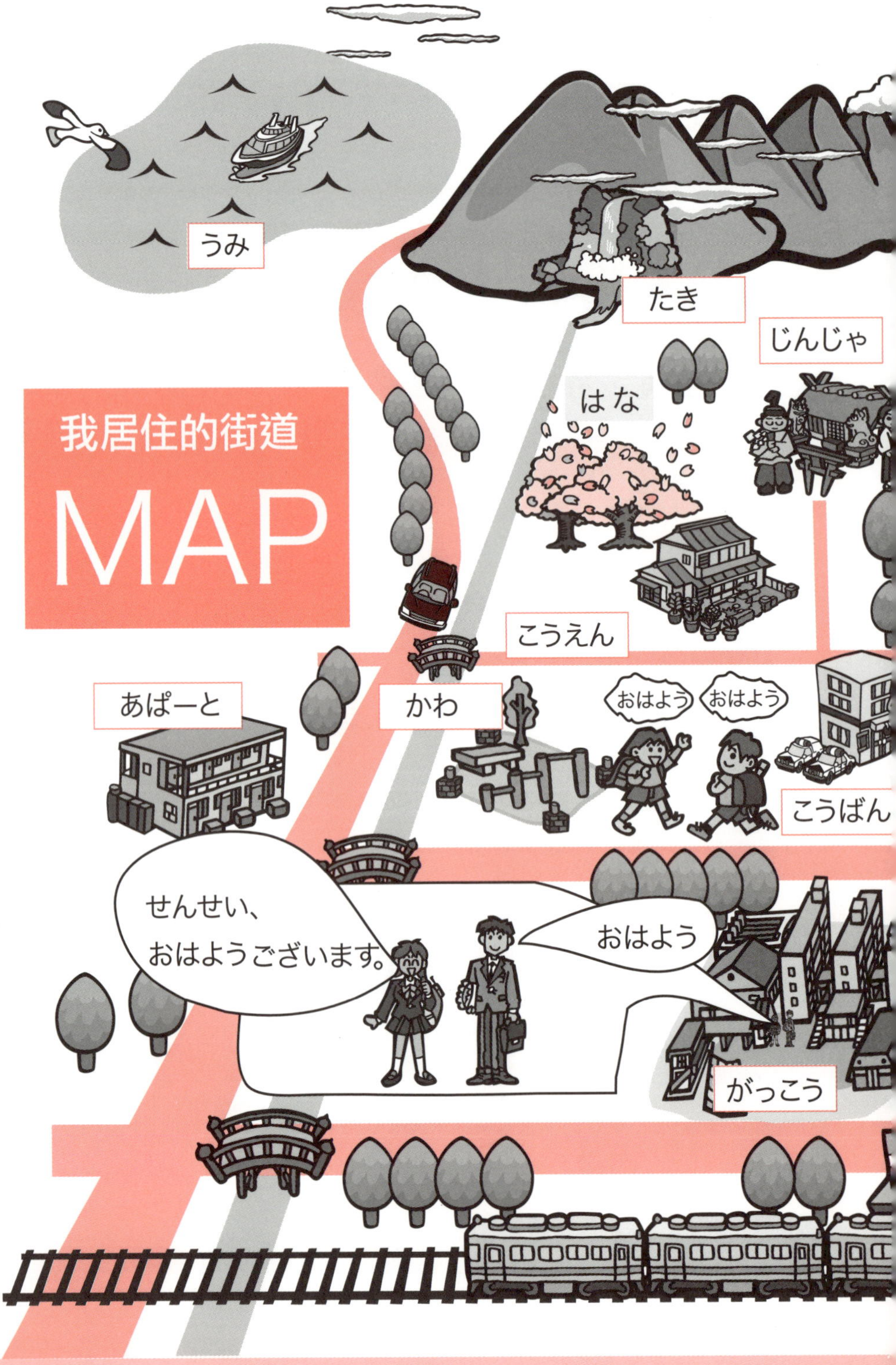

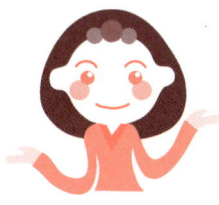

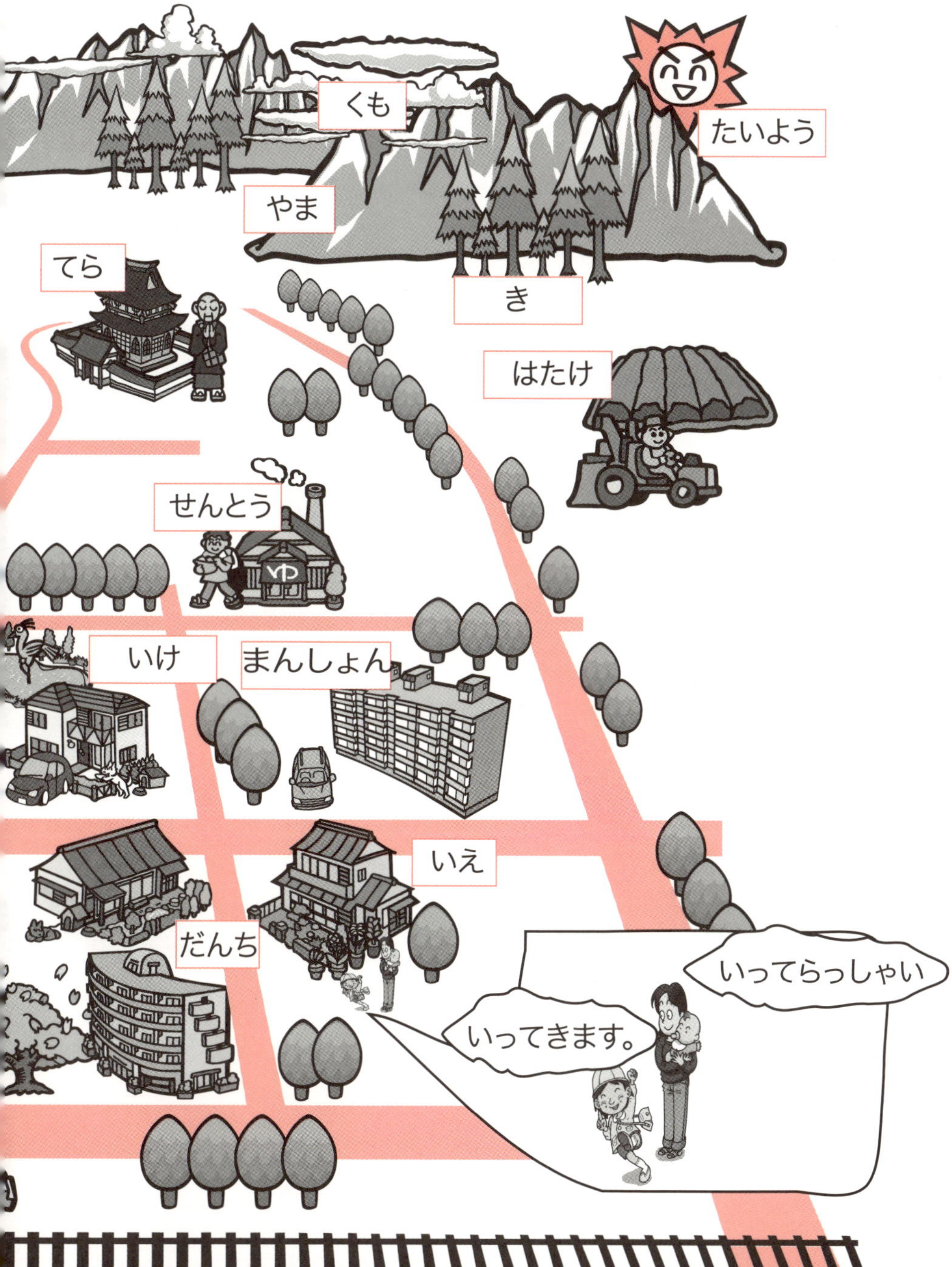
くも
たいよう
やま
てら
き
はたけ
せんとう
ゆ
いけ
まんしょん
いえ
だんち
いってらっしゃい
いってきます。

假名是這樣來的

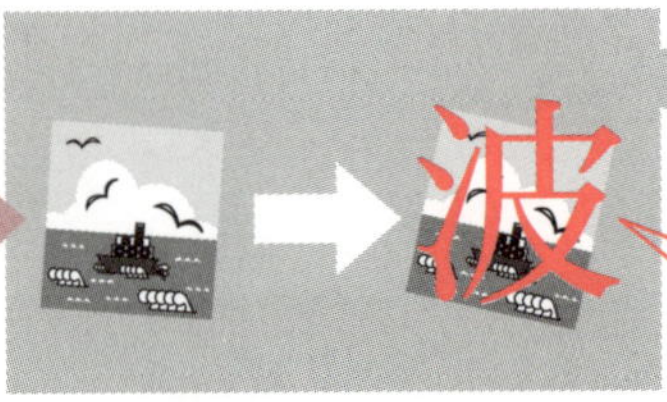

波 → 波 → は
傾斜的水面。這裡的「皮」本來是「頗」，有傾斜的意思。

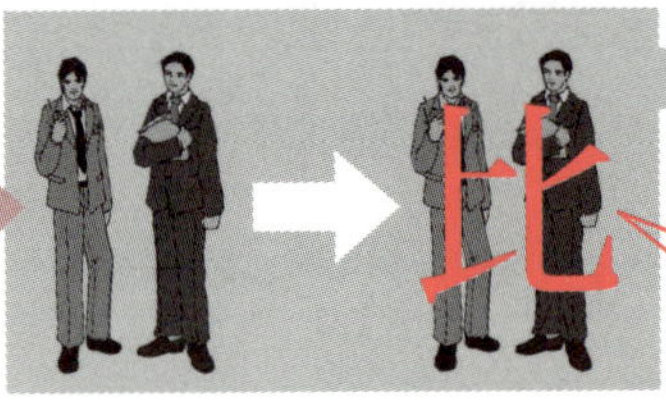

比 → 比 → ひ
兩個人站在一起，看誰比較帥。所以有「並列」「比較」的意思喔！

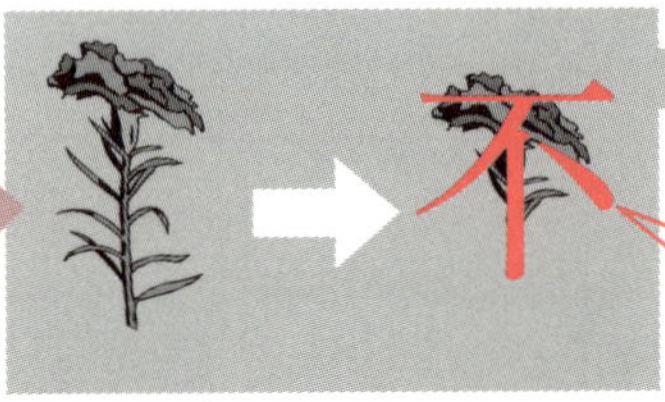

不 → 不 → ふ
花房膨脹得太厲害了，那就不好啦！所以「否定的助詞」都用它。

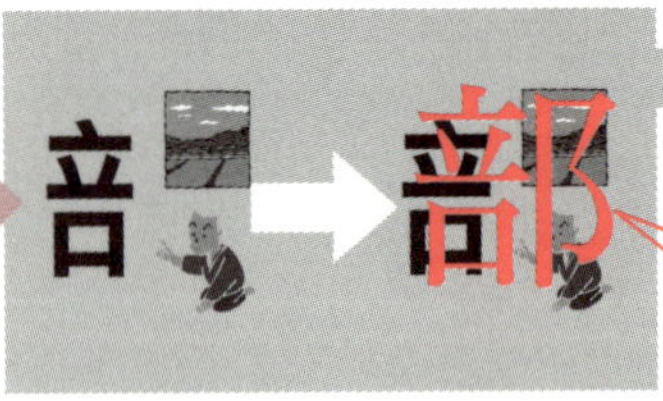

部 → 部 → へ
佃農跟地主分得一些土地，好辛苦喔！因此，有「部分」「區分」之意。

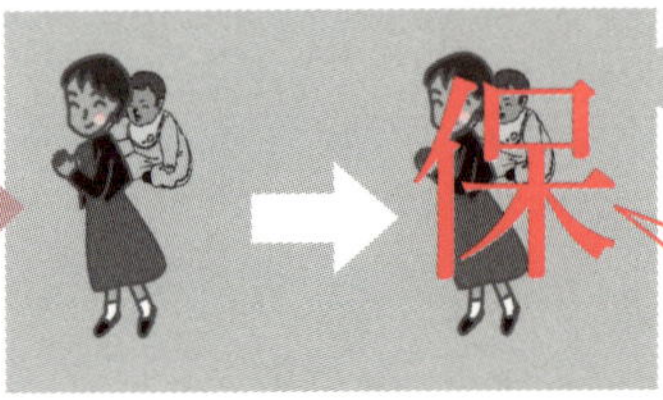

保 → 保 → ほ
人背著小孩。很明顯的，就是「養育」囉！

小小筆記

 掃QR碼看
假名視頻小劇場

 CD 1-6

 は行

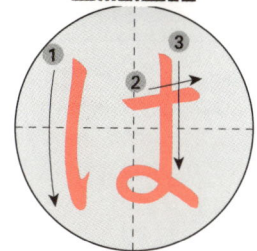
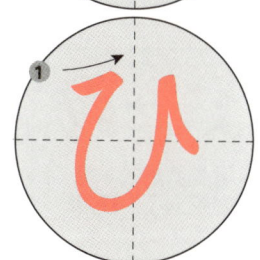
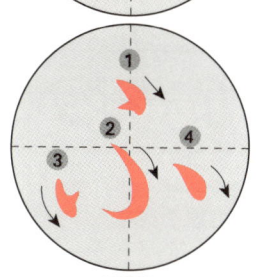
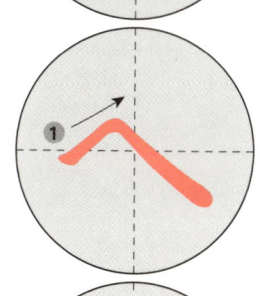
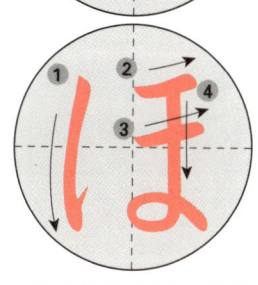

 はな 花

 ひふ 皮膚

 ふね 船

 ほし 星星

 へや 房間

25

假名是這樣來的

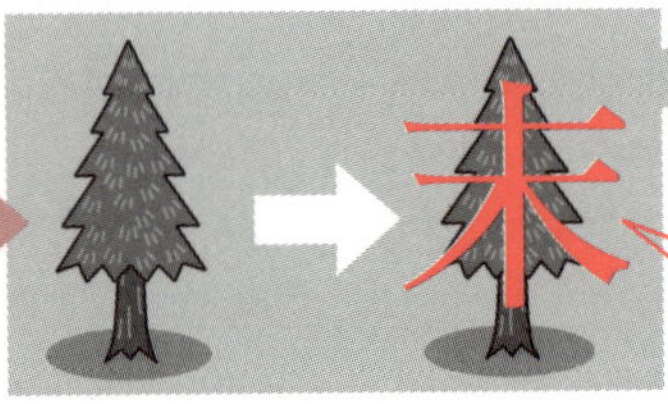

末 → 末 → ま
樹木最上面的部分。不用說那就是「樹梢」「末端」啦！

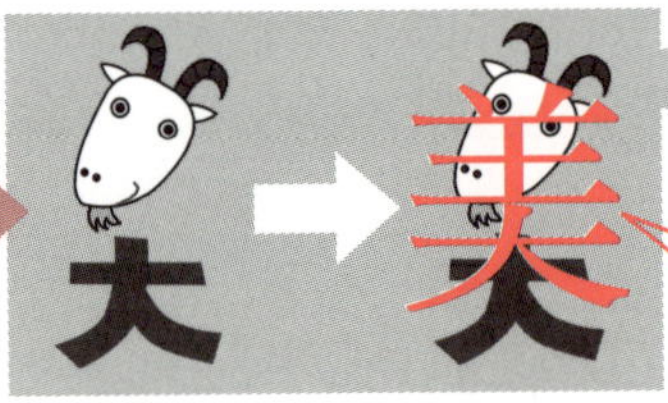

美 → 美 → み
「羊」跟「大」，可是肥美的羊呢！用牠來拜神是最好不過了。所以是「好、美」的意思呢！

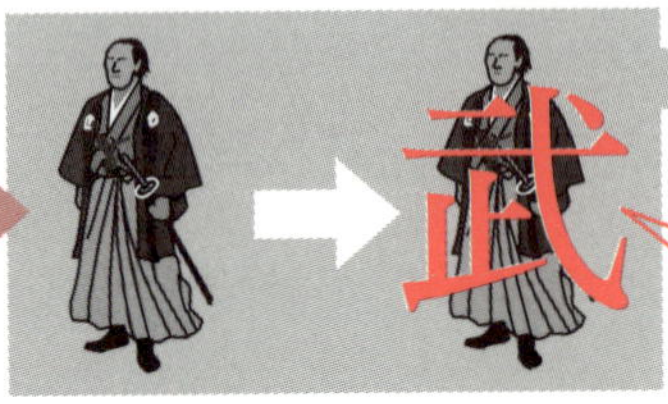

武 → む → む
武士拿著武器往前走，哇！要打仗了！是「武力」的意思。

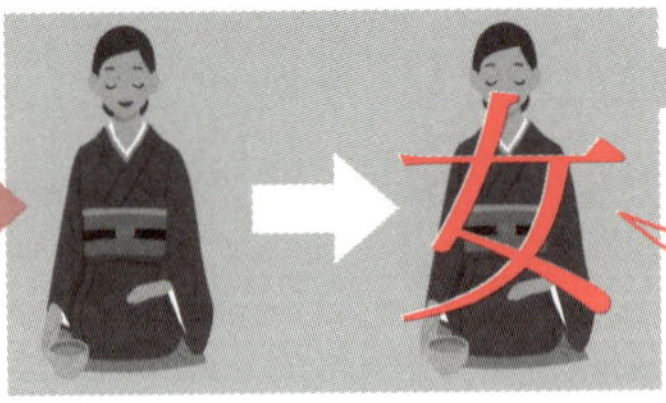

女 → め → め
一個女人靜靜地在那裡。「女人」的意思。

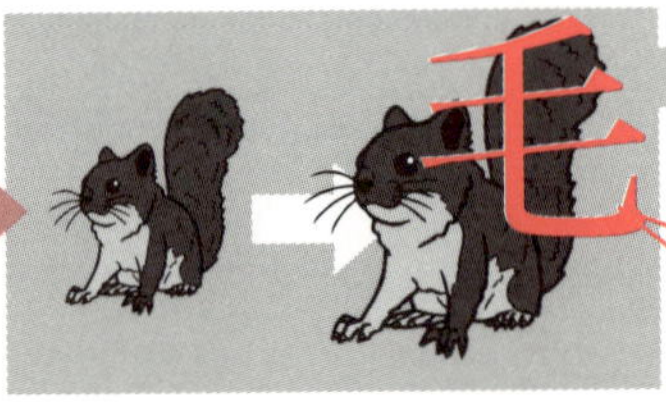

毛 → 毛 → も
獸類身上的毛，毛茸茸的樣子。

小小筆記

 掃QR碼看
假名視頻小劇場

 ま行

 CD 1-6

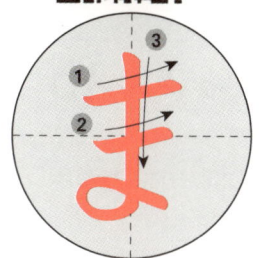
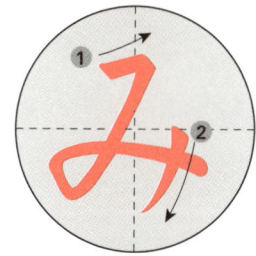
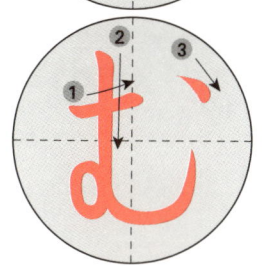
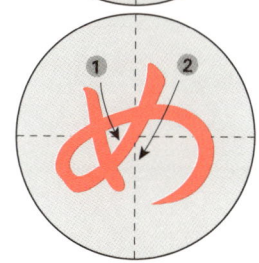
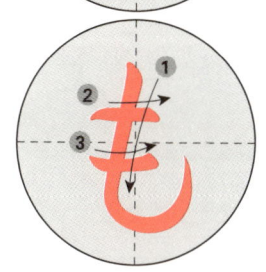

うま
馬

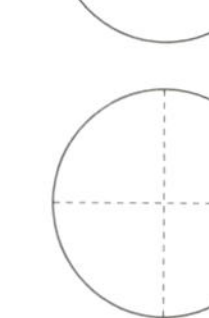

みみ
耳朵

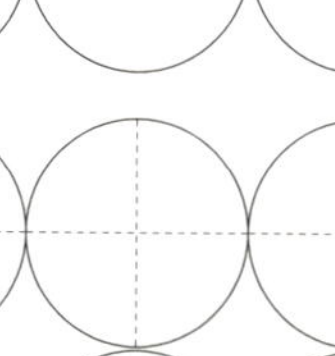

むし
蟲

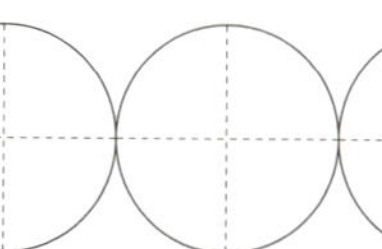

かめ
烏龜

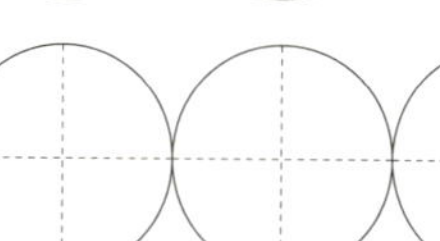

くも
雲

假名是這樣來的

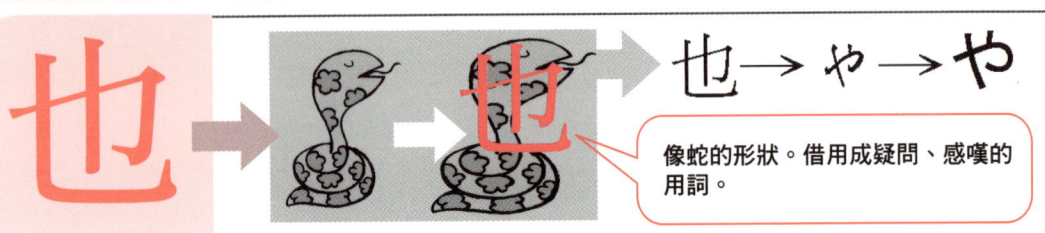

也→や→や

像蛇的形狀。借用成疑問、感嘆的用詞。

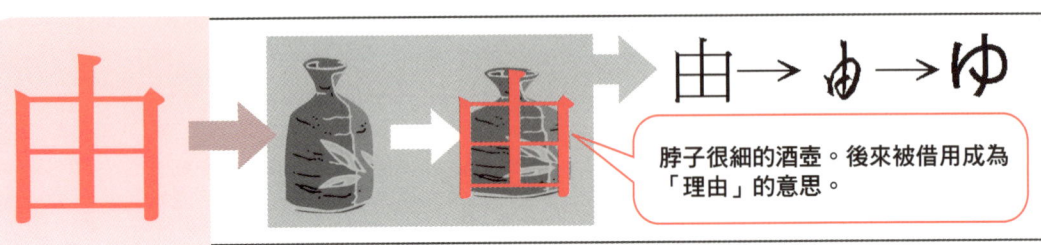

由→ゆ→ゆ

脖子很細的酒壺。後來被借用成為「理由」的意思。

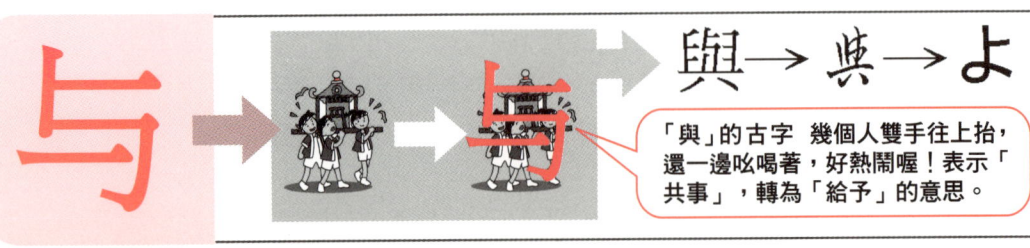

與→与→よ

「與」的古字 幾個人雙手往上抬，還一邊吆喝著，好熱鬧喔！表示「共事」，轉為「給予」的意思。

小小筆記

 掃QR碼看
假名視頻小劇場

 1-6 や行

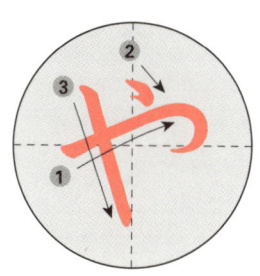

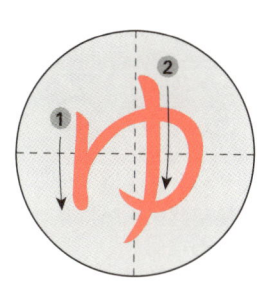

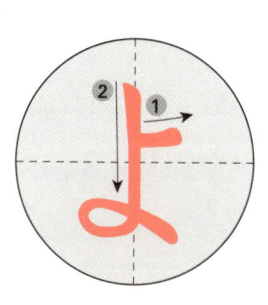

 やさい
蔬菜

 すきやき
壽喜燒

 ゆき
雪

 ふゆ
冬天

 たいよう
太陽

假名是這樣來的

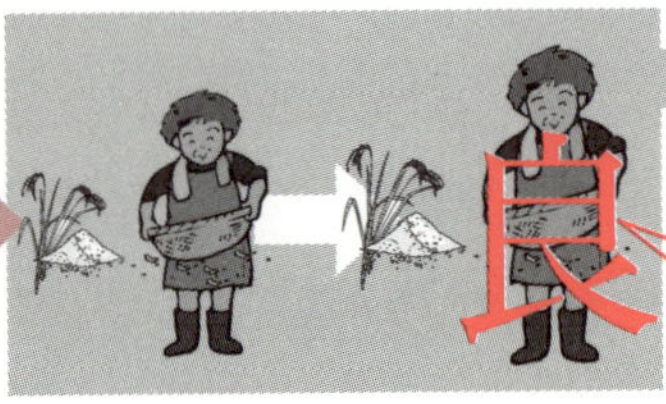

良 → 良 → ら

穀類經過篩子篩過，可以選出更好的呢！有「更好」的意思。

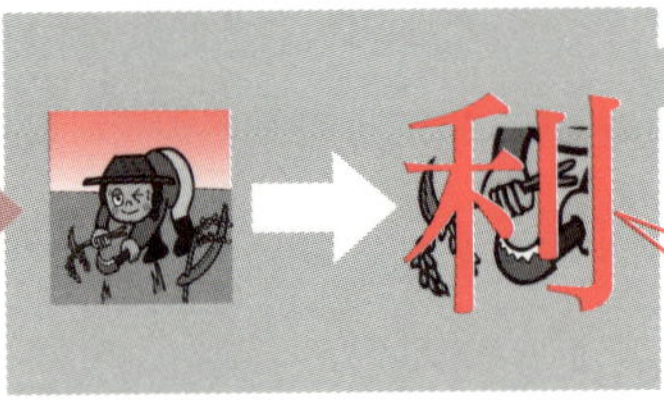

利 → 利 → り

拿著鋤頭在田裡耕作，收成一定很好囉！所以有「銳利」跟「有益」之意呢！

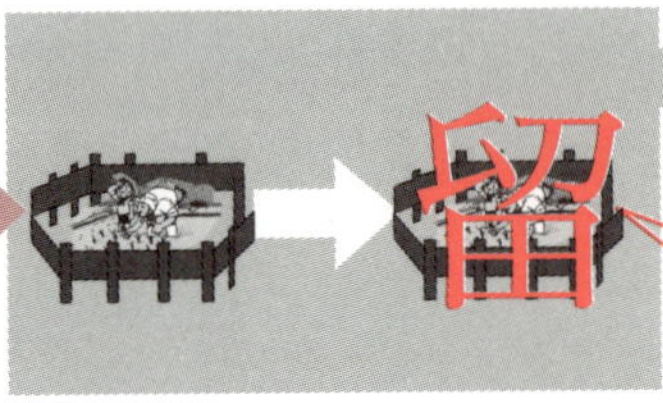

留 → 留 → る

把田地圍起來，「卯」是圍繞。這樣就可以長久的保留起來。所以是「停留」「保留」的意思。

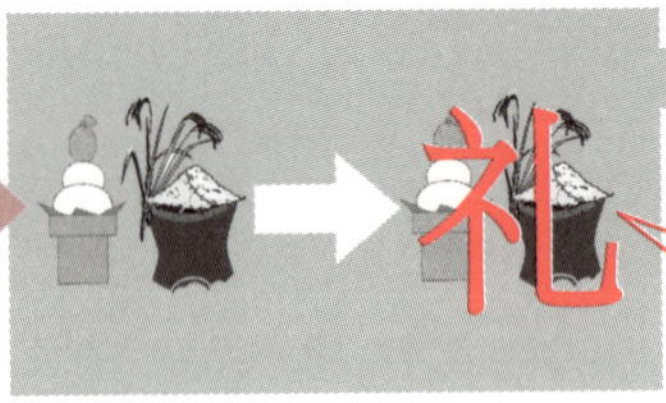

礼 → 礼 → れ

用豐富的祭品拱奉神明。表示祭拜神明的禮節。

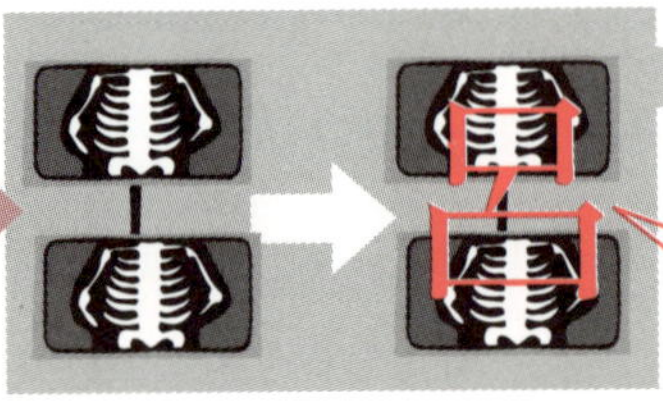

呂 → 呂 → ろ

人的背骨相連在一起。引申為全體重要的部分。

小小筆記

 掃QR碼看
假名視頻小劇場

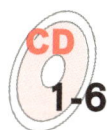 CD 1-6

ら行

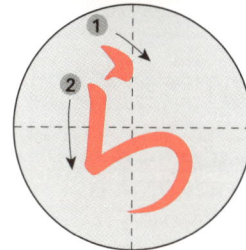
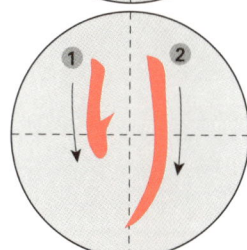
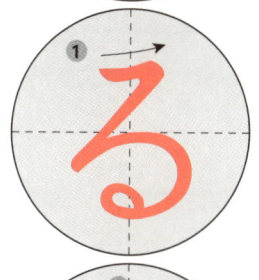
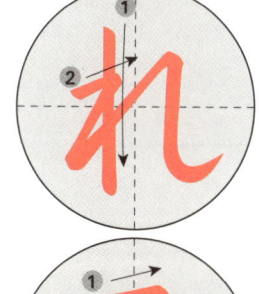
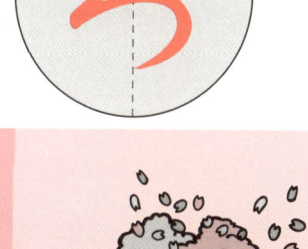

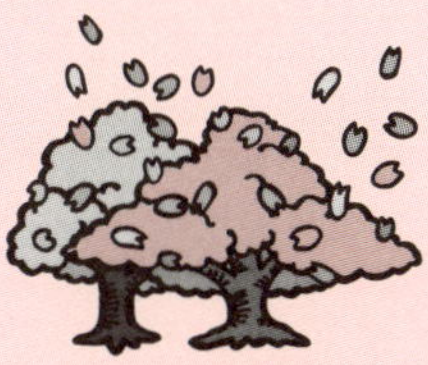

さくら
櫻花

つり
釣魚

さる
猴子

れい
零

ふろ
澡盆

31

假名是這樣來的

和 → 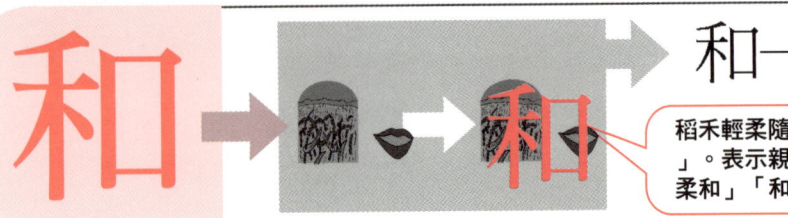 和→わ→わ

稻禾輕柔隨風飄，再加上一個「口」。表示親切、溫和地說話。有「柔和」「和平」之意。

遠 → 遠→→を

「袁」是很長的意思，表示綿延不斷的道路。有「很遠」的意思。

无 → 无→ん→ん

「無」的古字。像不像天真無邪的小孩呢！

小小筆記

 掃QR碼看
假名視頻小劇場

 CD 1-6 わ行

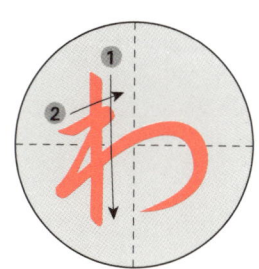
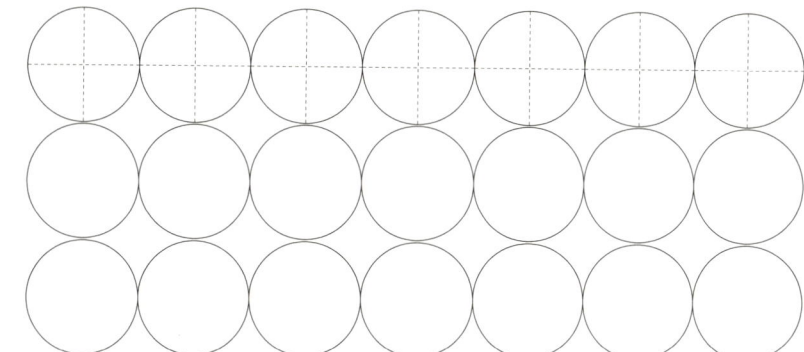

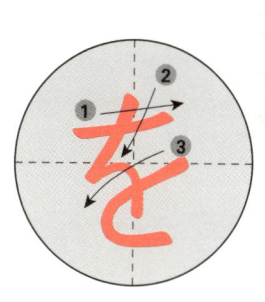
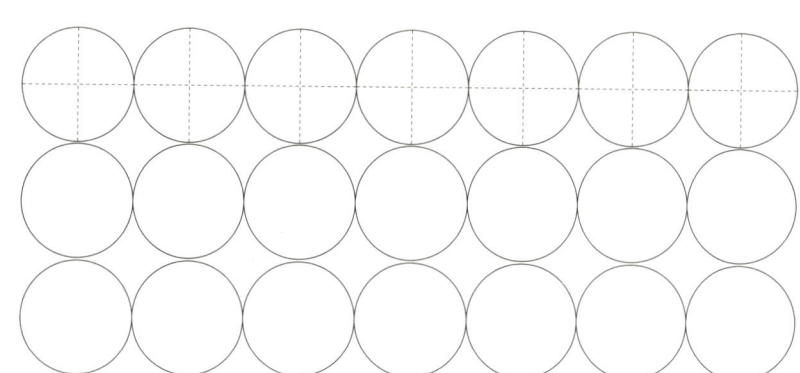

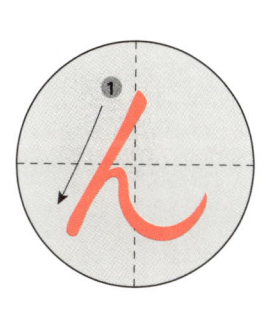
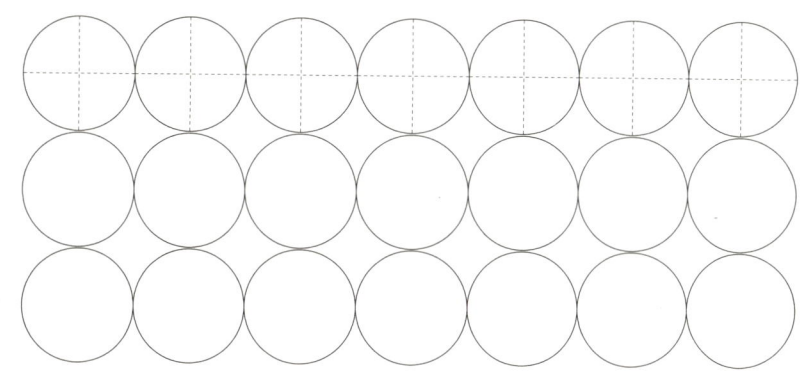

かわ　河川　　にわ　庭院　　にわとり　雞　　こうえん　公園　　ほんや　書店

33

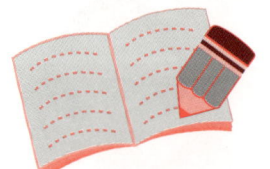

NOTE

| 假名就在你身旁 | 購物 |

例：くつや
鞋店

ひゃくえんショップ
100日圓商店

ごふくや
和服店

ほんや
書店

たばこや
賣煙店

ふるほんや
舊書店

でんきや
電器行

やっきょく
藥局

はなや
花店

めがねや
眼鏡行

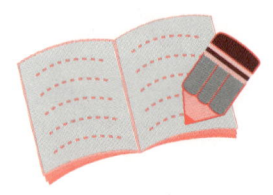

そばや	べんとうや
蕎麥麵店	便當店

ぱんや	わがしや
麵包店	日式點心店

さかなや	じてんしゃや
鮮魚店	腳踏車店

やおや	さかや
蔬果店	售酒商店

にくや	こんびに
肉店	便利商店

会話1

おきゃく：おいくらですか。
客人：多少錢！
てんいん：１００えん です。
店員：１００日圓。

会話2

てんいん：いらっしゃい。
　　　　　やすい、やすいですよ。
店員：來來來！便宜，便宜喔！

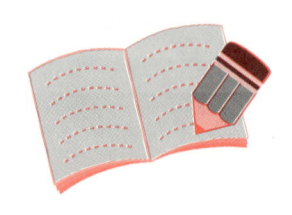

はなや
たばこや
でんきや
ひゃくえんしょっぷ

おきゃく：おいくらですか。
てんいん：ひゃくえんです。

ふるほんや
ほんや
やっきょく
めがねや
そばや

街で買おう東西！

さかなや

いらっしゃい。
やすい、やすいですよ。

わがしや

にくや

やおや

ごふくや

くつや

べんとうや

ぱんや

じてんしゃや

さかや

こんびに

が行 CD 1-9

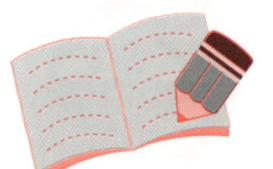

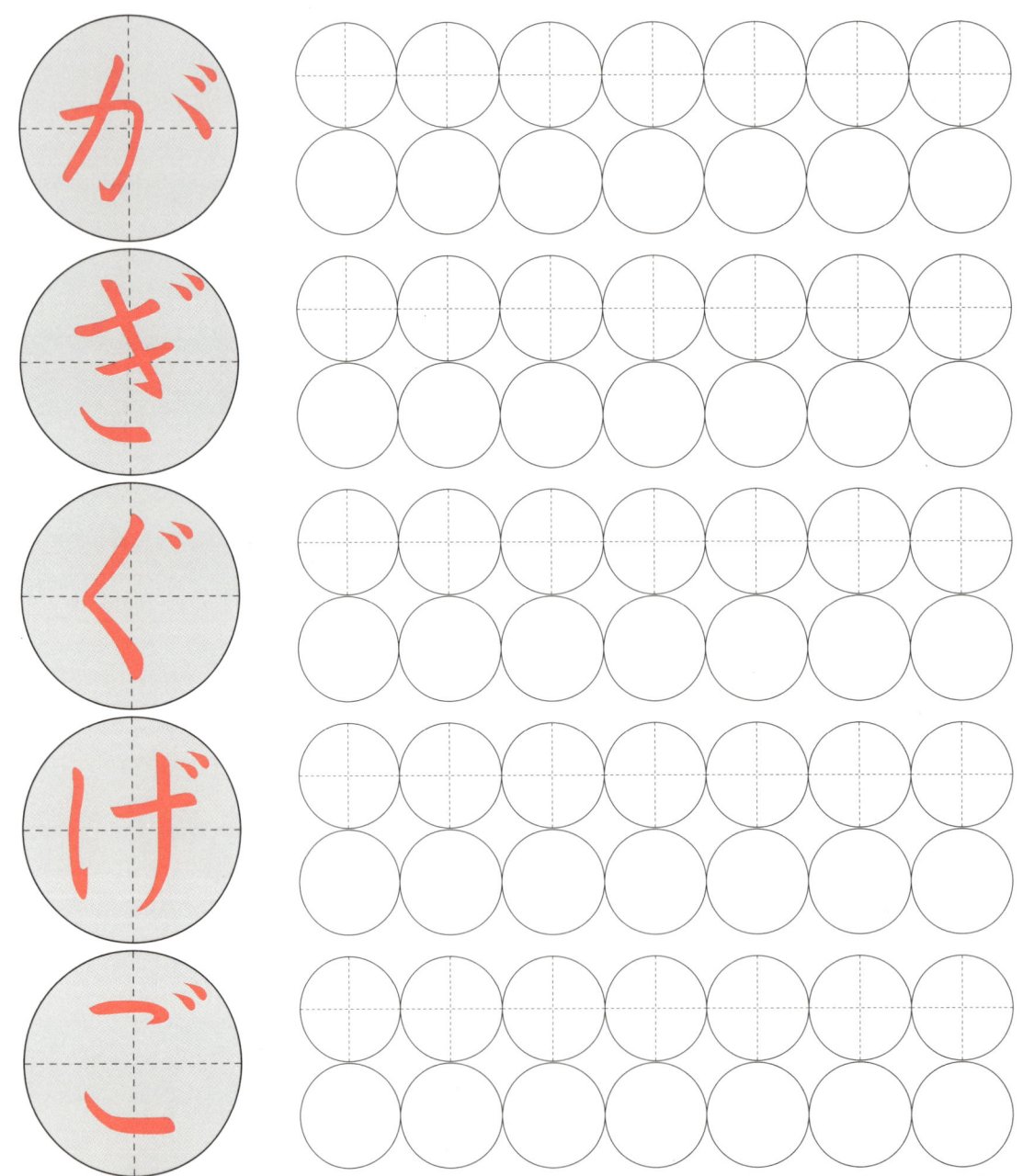

| が | ぎ | ぐ | げ | ご |

まんが
漫畫

ぎんこう
銀行

かぐ
家具

げた
木屐

りんご
蘋果

40

ざ行

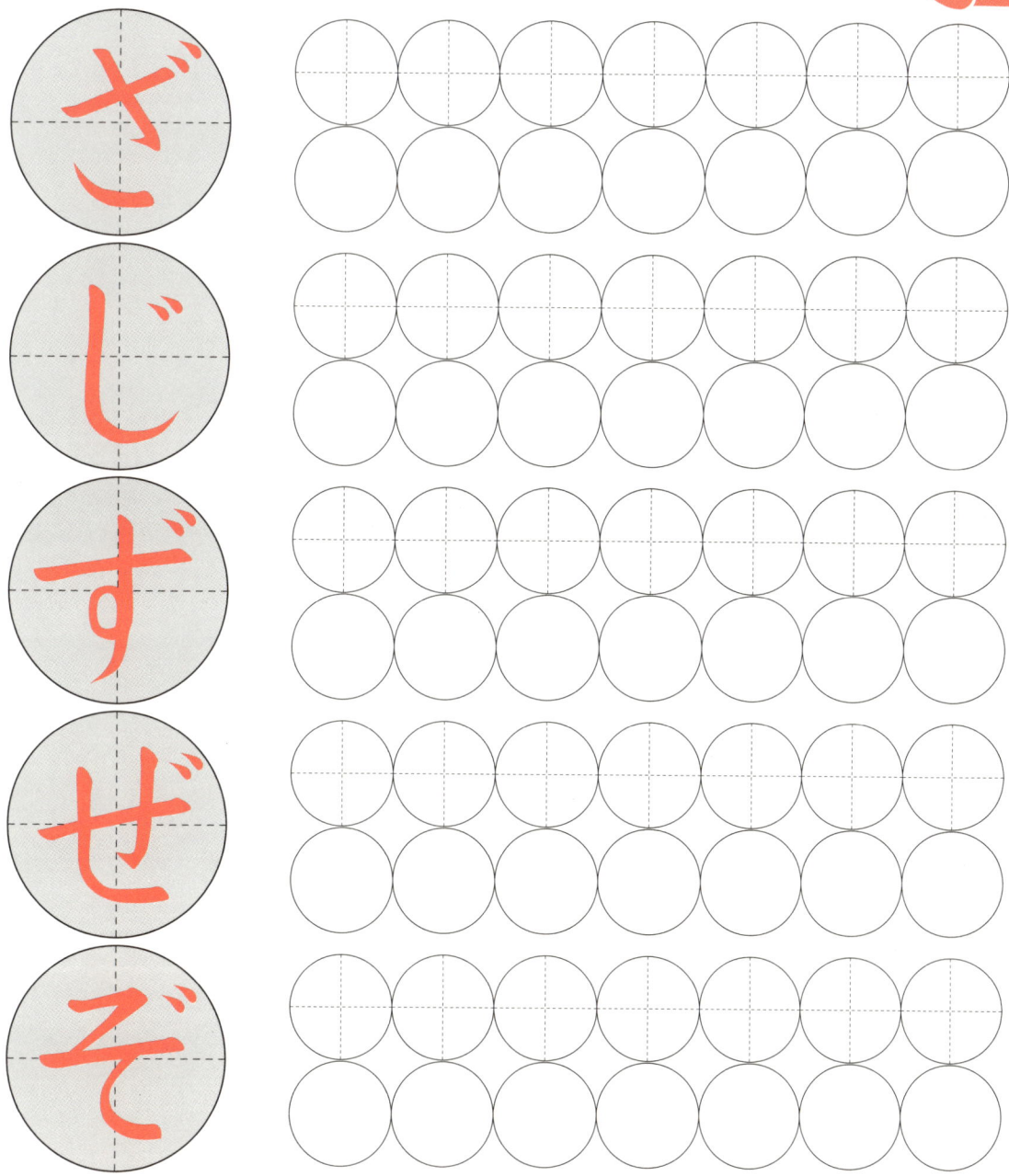

ざ
じ
ず
ぜ
ぞ

はいざら	ふじさん	ちず	かぜ	れいぞうこ
煙灰缸	富士山	地圖	風	冰箱

だ行

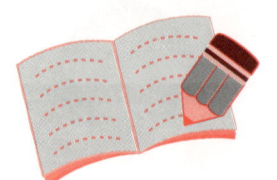

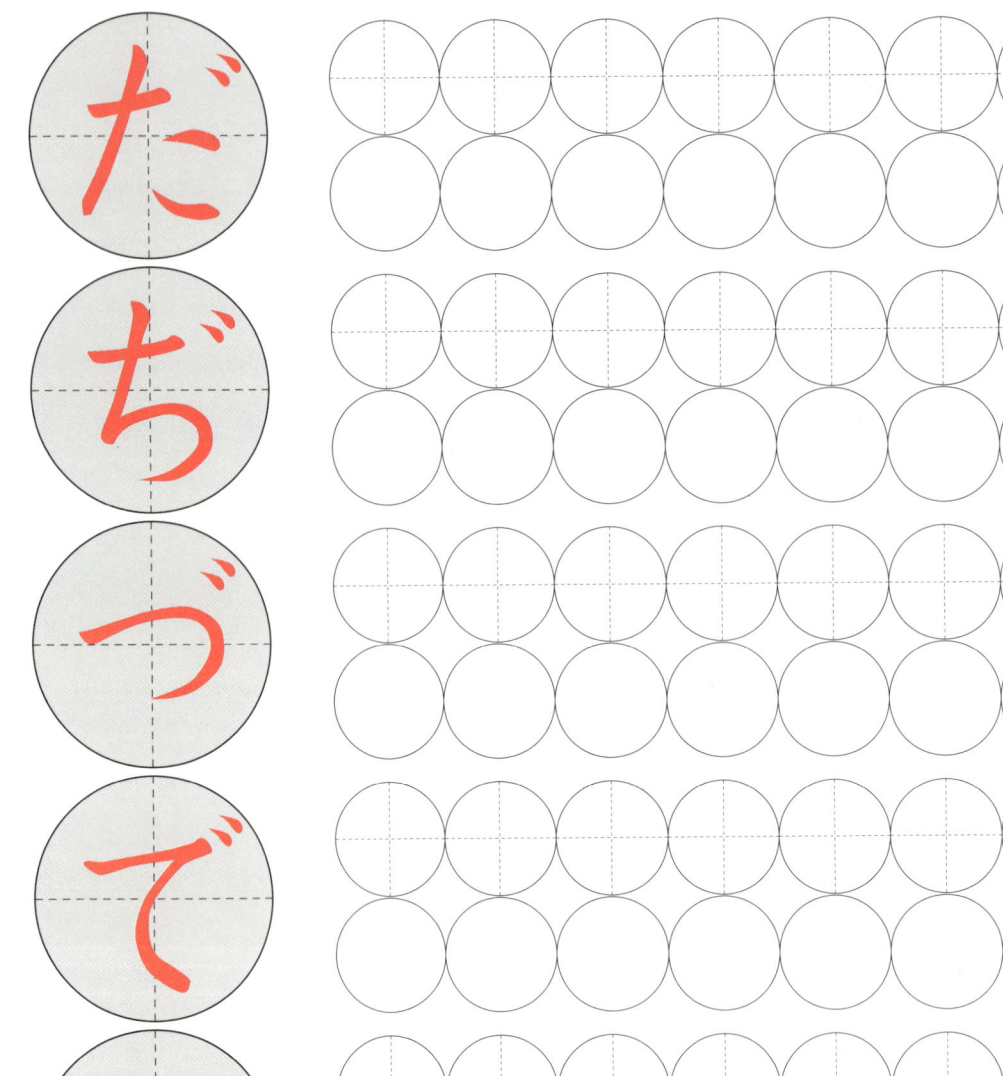

だ ぢ づ で ど

くだもの	水果
はなぢ	鼻血
かんづめ	罐頭
でんわ	電話
まど	窗戶

ば行 CD 1-9

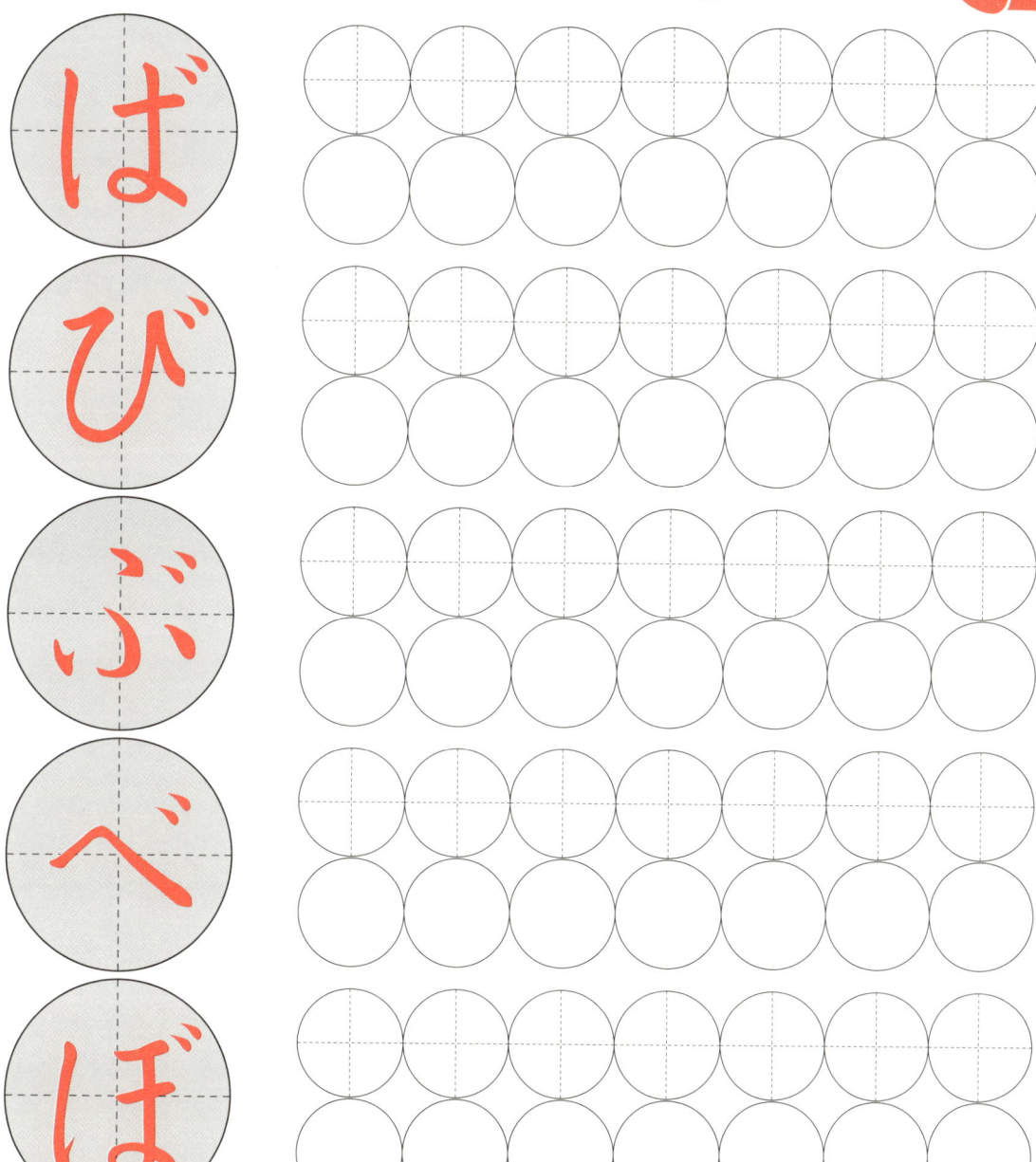

ば	
び	
ぶ	
べ	
ぼ	

そば	かびん	しんぶん	べんとう	ぼうし
蕎麥麵	花瓶	報紙	便當	帽子

43

ぱ行 CD 1-9

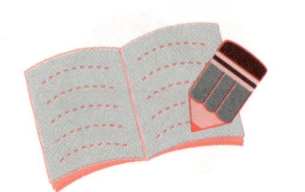

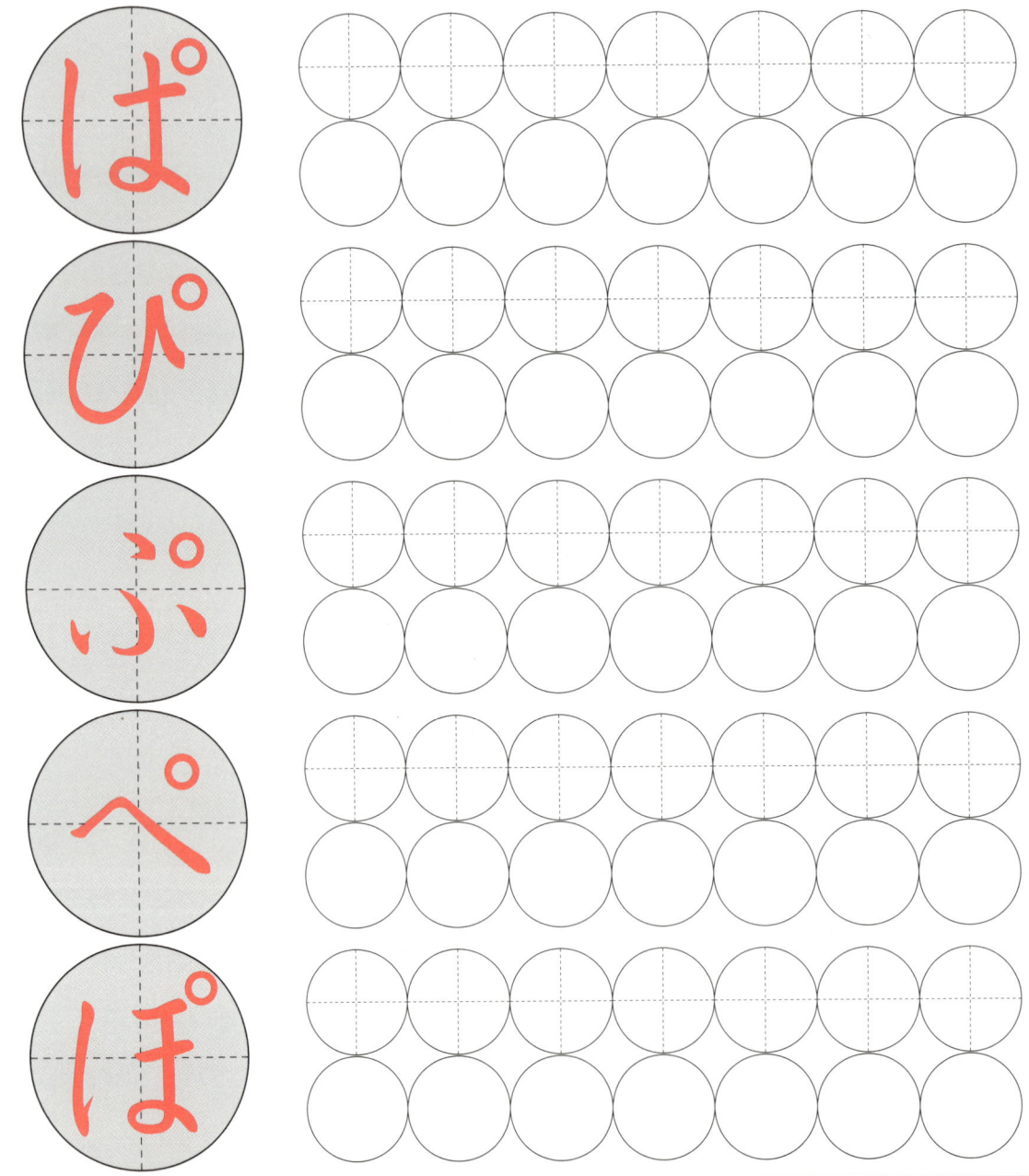

ぱ
ぴ
ぷ
ぺ
ぽ

でんぱ	えんぴつ	てんぷら	ぺこぺこ	さんぽ
電波	鉛筆	炸蝦魚	肚子餓	散步

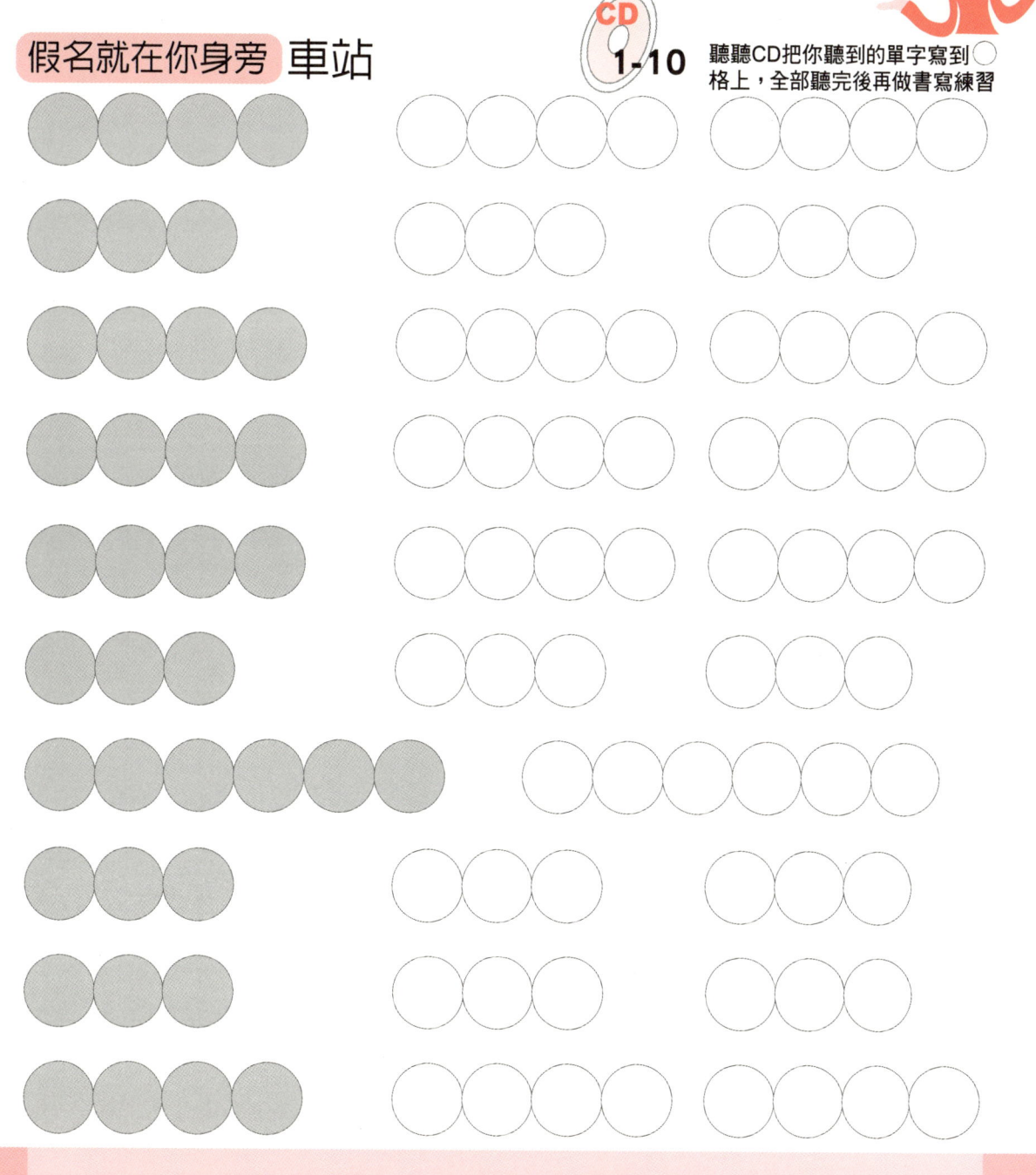

假名就在你身旁 車站

CD 1-10 聽聽CD把你聽到的單字寫到○格上，全部聽完後再做書寫練習

けいさつ	かんごふ	がくせい	かいしゃいん	さっか
警察	護士	學生	上班族	作家
いしゃ	せんせい	しゅふ	きしゃ	はいゆう
醫生	老師	主婦	記者	演員

えきいん	てんいん	やおやさん	こども	おとこ
車站站員	店員	賣蔬果的	小孩	男人
うんてんしゅ	あるばいと	ぱんやさん	おとな	おんな
司機	打工	賣麵包的	大人	女人

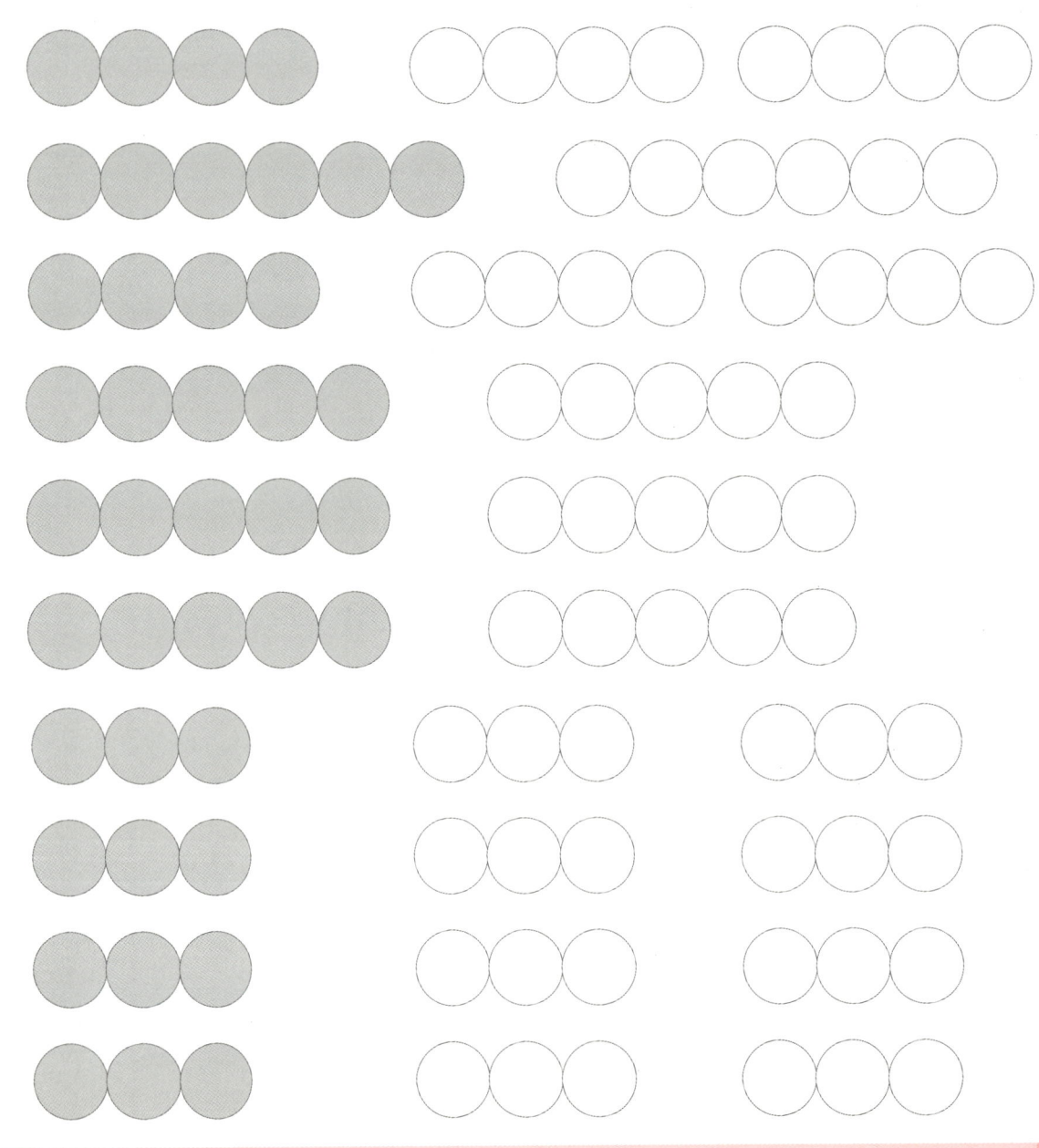

46

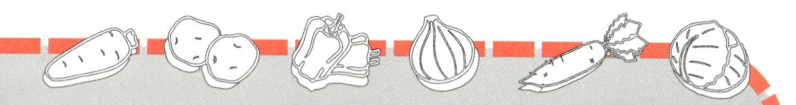

会話1

たなか：はじめまして、たなかたろうです。
　　　　どうぞ、よろしく。
田中：你好，我叫田中太郎。請多指教。
なかやま：なかやまと　いいます。
　　　　　どうぞ、よろしく。
中山：我叫中山。請多指教。

会話2

がくせい：せんせい、さようなら。
學生：老師，再見！
せんせい：うん、また　あした。
老師：嗯！明天見啦！

会話3

しょうねん：じゃね。
少年：再見！
しょうじょ：バイバイ。
少女：拜拜

けいさつ	いしゃ	かんごふ	せんせい
がくせい	しゅふ	かいしゃいん	きしゃ
さっか	はいゆう	えきいん	うんてんしゅ
てんいん	あるばいと	やおやさん	おんな
ぱんやさん	こども	おとこ	おとな

車站

たなか： はじめまして、たなかたろうです。
　　　　 どうぞ、よろしく。
なかやま： なかやまといいます。
　　　　 どうぞ、よろしく。

がくせい： せんせい、さようなら。
せんせい： うん、またあした。

しょうねん： じゃね。
しょうじょ： バイバイ。

促音

促音用寫得比較小的假名「っ」表示，片假名是「ッ」。發促音的時候，是要佔一拍的喔！

促音是不單獨存在的，也不出現在詞頭、詞尾，還有撥音的後面。它只出現在詞中，一般是在「か、さ、た、ぱ」行前面。書寫時，橫寫要靠下寫，豎寫要靠右寫。

きっさてん

さっか

けっこん

せっけん

きって

きっさてん 咖啡店
さっか 作家 
けっこん 結婚 
せっけん 肥皂 
きって 郵票

長音 CD 1-13

長音就是把假名的母音部分，拉長一拍唸的音。要記得喔！母音長短的不同，意思就會不一樣，所以辨別母音的長短是很重要的！還有，除了撥音「ん」和促音「っ」以外，日語的每個音節都可以發成長音。

おかあさん

おにいさん

ゆうじん

せんせい

おおきい

 おかあさん	 おにいさん	 ゆうじん	せんせい	 おおきい
母親	哥哥	朋友	老師	大

拗音

由い段假名和や行相拼而成的音叫「拗音」。拗音音節只唸一拍的長度。拗音的寫法，是在「い段」假名後面寫一個比較小的「ゃ」「ゅ」「ょ」，用兩個假名表示一個音節。要記得，雖然是兩個假名拼在一起，但是，只唸一拍喔！而把拗音拉長一拍，就是拗長音了。例如，「びょういん」（醫院）。書寫時，橫寫要靠左下寫，豎寫要靠右上寫，而且字要小。

やきゅう

うんてんしゅ

びょういん

じてんしゃ

しゃしん

やきゅう	うんてんしゅ	びょういん	じてんしゃ	しゃしん
棒球	司機	醫院	腳踏車	照片

假名就在你身旁 逛逛街

CD 1-15

聽聽CD把你聽到的單字寫到○格上，全部聽完後再做書寫練習

じてんしゃ	とらっく	たくしー	しんごう	はし
腳踏車	貨車	計程車	紅綠燈	橋
おーとばい	ばす	くるま	ちゅうしゃじょう	ふみきり
機車	公車	車子	停車場	平交道

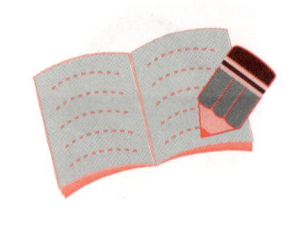

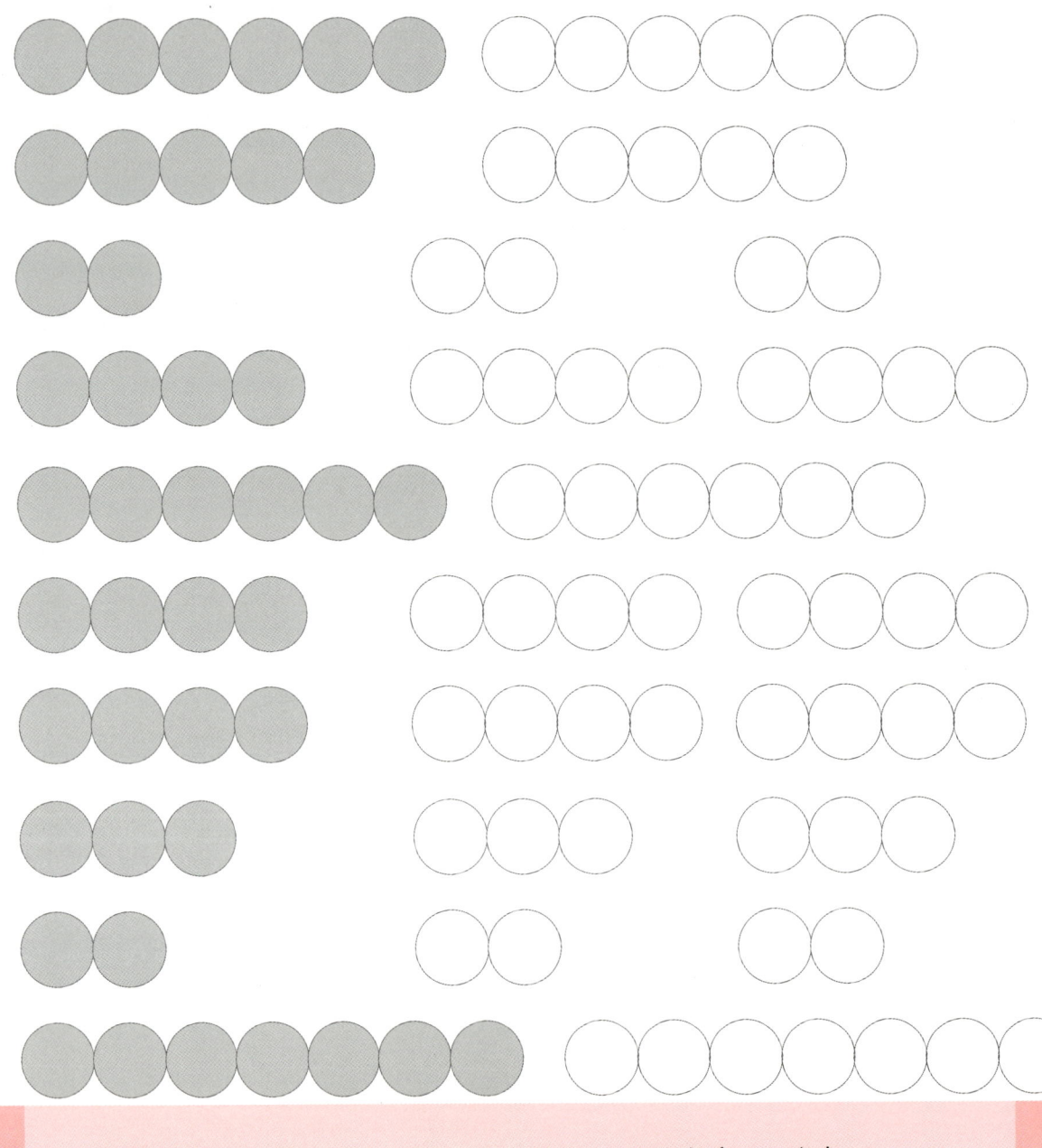

ほどうきょう	えき	しんかんせん	ひこうき	ふね
天橋	車站	新幹線	飛機	船
りっきょう	でんしゃ	くうこう	みなと	すいじょうばす
高架橋	電車	機場	港口	水上巴士

会話 1

おとこ１：あれは　なんですか。
男1：那是什麼？
おとこ２：あれは　ふじさんです。
男2：那是富士山。
おんな１：きもち　いい。
女1：真舒服！
おんな２：いい　かぜですね。
女2：風真涼快啊！

会話 2

かいしゃまで、バイクで　いきます。
騎機車到公司。

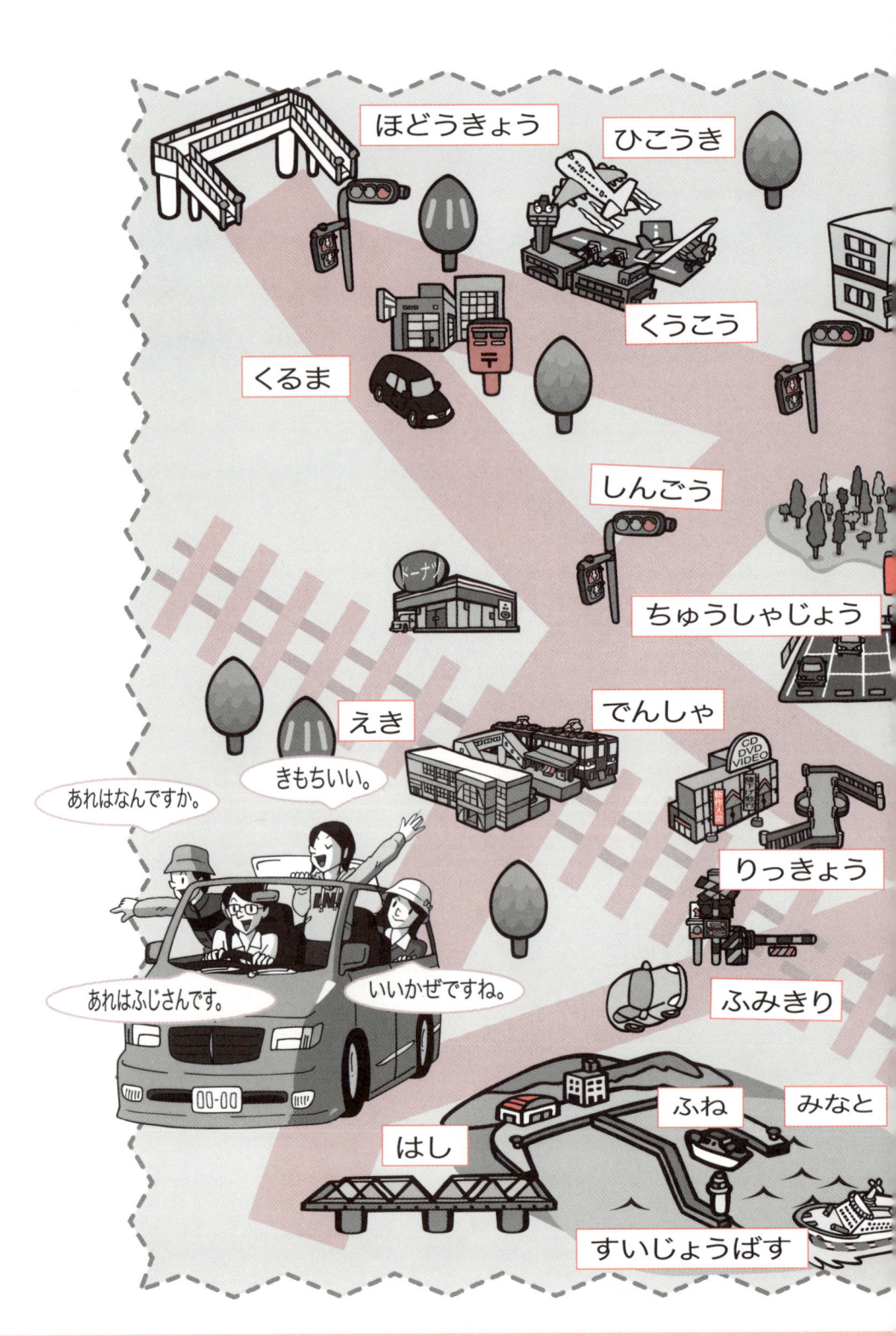

ほどうきょう
ひこうき
くうこう
くるま
しんごう
ちゅうしゃじょう
えき
でんしゃ
きもちいい。
あれはなんですか。
りっきょう
あれはふじさんです。
いいかぜですね。
ふみきり
ふね
みなと
はし
すいじょうばす

逛逛街

- じてんしゃ
- たくしー
- とらっく
- おーとばい
- ばす
- しんかんせん

57

字形相似的平假名

く - へ

す - ち

ま - よ

る - ろ

あ - め - ね

き - さ - た - な

い - こ - に - り

は - ほ - ま - も

ぬ - ね - わ - れ

片假名

片假名怎麼來的

我們知道日語假名有兩種，寫法有：「平假名」和「片假名」。前面所學的都是平假名。生活中的一切，包括書寫、印刷品等都是用平假名；相對地，片假名是由國字楷書的部首發展而成的。片假名一般用在外來語、外國人名、地名和一些動、植物的名稱上。看看下表，就知道片假名是怎麼來的了！

ア阿	イ伊	ウ宇	エ江	オ於
カ加	キ幾	ク久	ケ介	コ己
サ散	シ之	ス須	セ世	ソ曾
タ多	チ千	ツ川	テ天	ト止
ナ奈	ニ仁	ヌ奴	ネ祢	ノ乃
ハ八	ヒ比	フ不	ヘ部	ホ保
マ末	ミ三	ム牟	メ女	モ毛
ヤ也		ユ由		ヨ與
ラ良	リ利	ル流	レ礼	ロ呂
ワ和				ヲ乎
ン尓				

片假名清音表（五十音圖）

ア a	イ i	ウ u	エ e	オ o
カ ka	キ ki	ク ku	ケ ke	コ ko
サ sa	シ shi	ス su	セ se	ソ so
タ ta	チ chi	ツ tsu	テ te	ト to
ナ na	ニ ni	ヌ nu	ネ ne	ノ no
ハ ha	ヒ hi	フ fu	ヘ he	ホ ho
マ ma	ミ mi	ム mu	メ me	モ mo
ヤ ya		ユ yu		ヨ yo
ラ ra	リ ri	ル ru	レ re	ロ ro
ワ wa				ヲ o
				ン n

濁音表

ガ ga	ギ gi	グ gu	ゲ ge	ゴ go
ザ za	ジ ji	ズ zu	ゼ ze	ゾ zo
ダ da	ヂ ji	ヅ zu	デ de	ド do
バ ba	ビ bi	ブ bu	ベ be	ボ bo

半濁音表

パ pa	ピ pi	プ pu	ペ pe	ポ po

假名是這樣來的

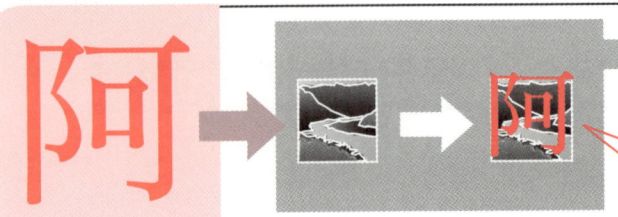

阿 → 阿 → ア
山或和河岸彎彎曲曲的地方喔！是「彎曲處」的意思。

伊 → 伊 → イ
一個人手上拿著棒子，本來是長官之意。又變成「他」的意思。

宇 → 宇 → ウ
一個家的屋簷，好溫馨喔！「屋內、家」的意思呢！

江 → 江 → エ
貫穿陸地的大川。

於 → 於 → オ
這可是烏鴉的形狀呢！用在感嘆的時候。

小小筆記

掃QR碼看
假名視頻小劇場

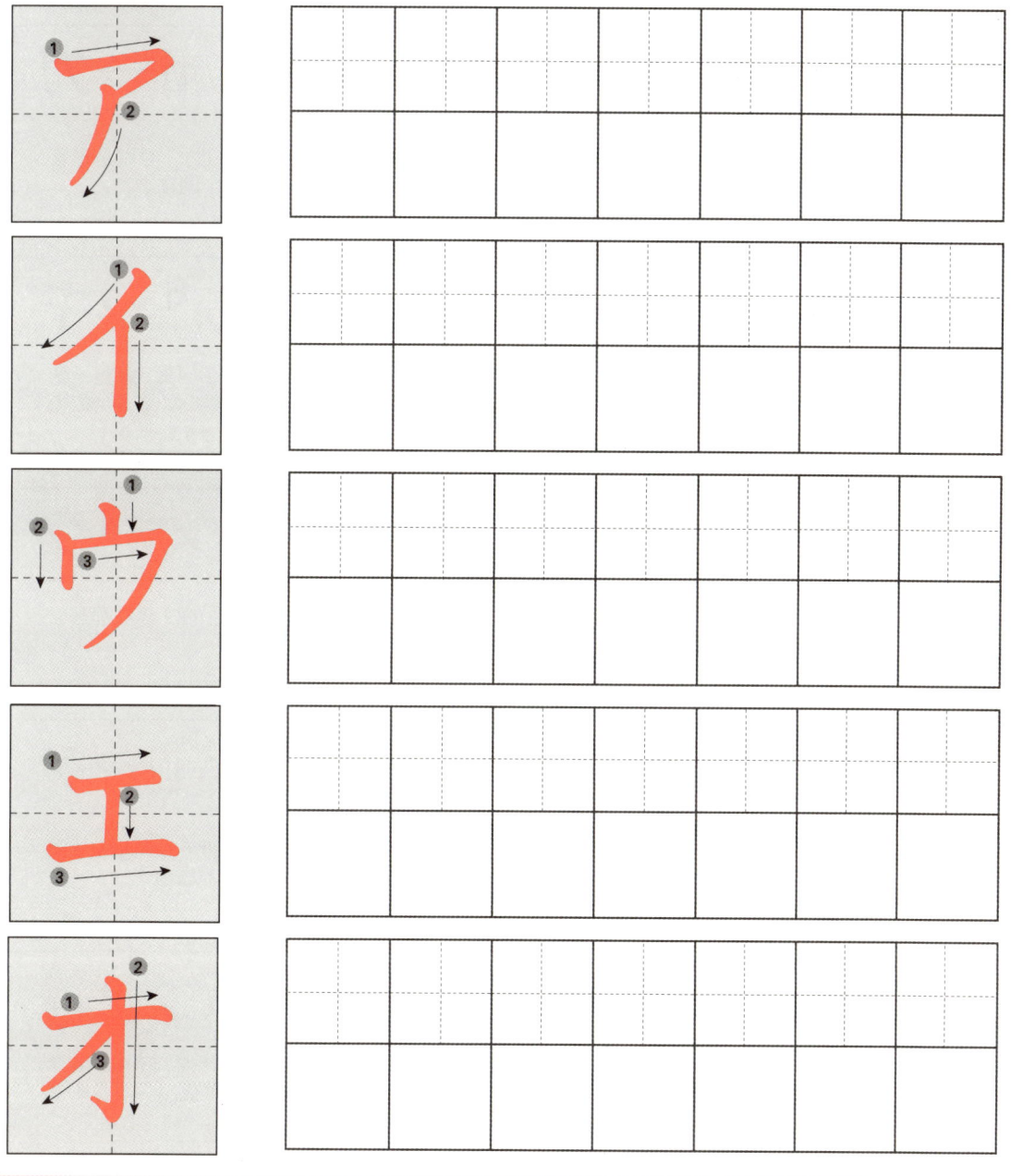

ア行
CD 1-17

ア
イ
ウ
エ
オ

ココア	 インコ	 ウエスト	エム	 ライオン
可可亞	鸚鵡	腰身	m（英文字）	獅子

假名是這樣來的

加 → 加 → カ
「力量」加上「口才」也就是很會說話啦！「加上」的意思。

幾 → 幾 → キ
人差點被戈砍到了「丝」是差一點的意思。哇！好險！本來是「預感」。後來是「接近」的意思呢！

久 → 久 → ク
人被後面的東西拉住，停在那裡。「很久」的意思。

介 → 介 → ケ
人在「八」的中間。所以就有「隔開」「介入」的意思囉！

己 → 己 → コ
哇！線團自己跑出線頭來啦！本意是「開始」。轉變成「自己」的意思。

小小筆記

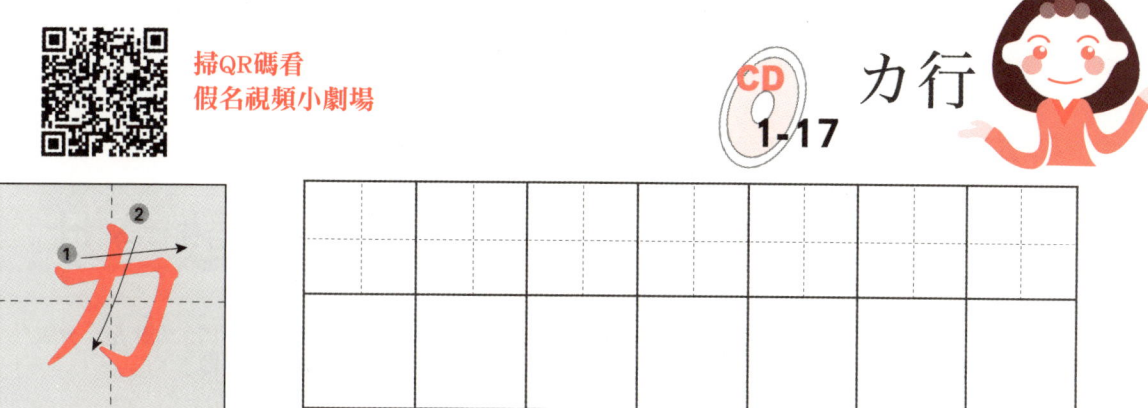

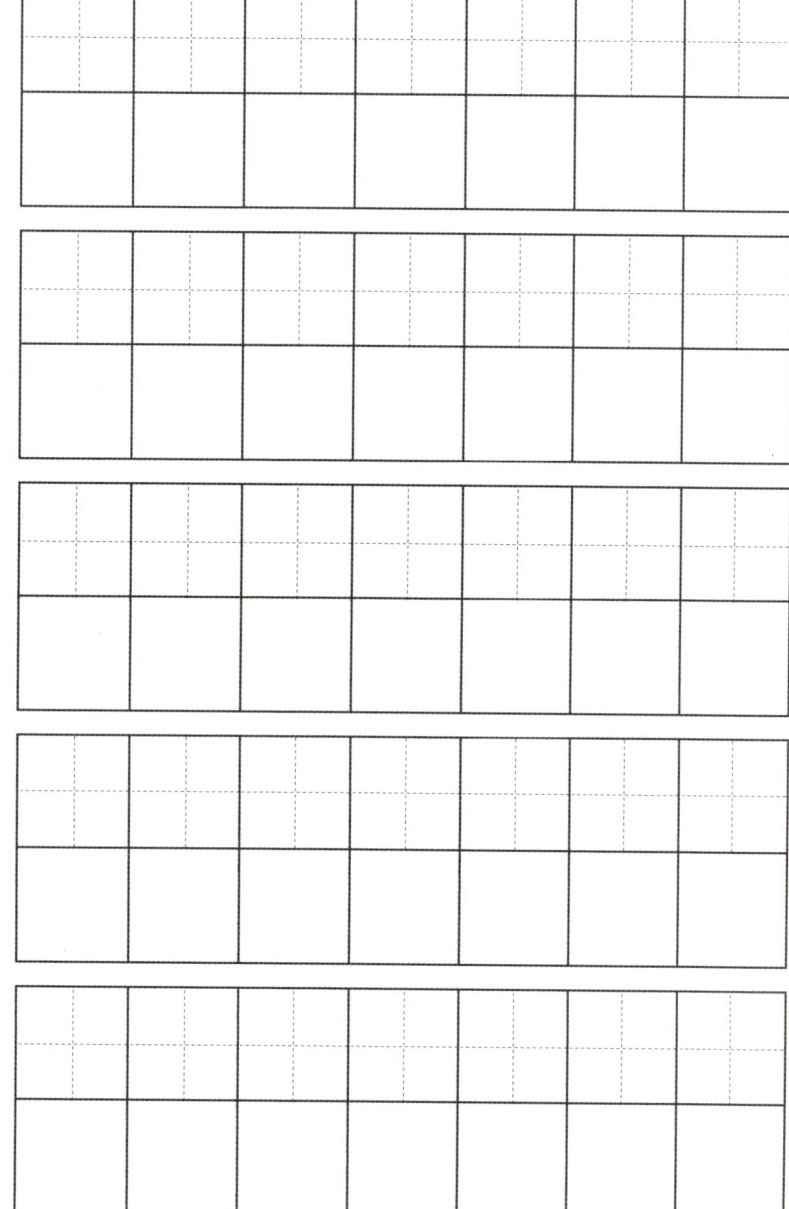

掃QR碼看
假名視頻小劇場

カ行 CD 1-17

| カ |
| 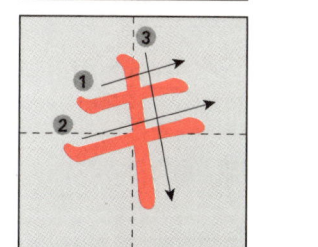 キ |
| 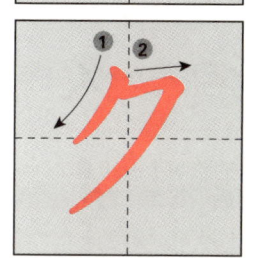 ク |
| 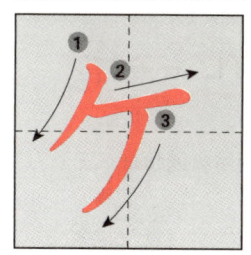 ケ |
| 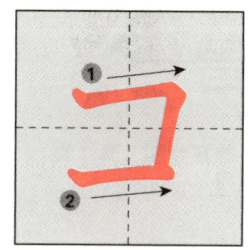 コ |

| カクテル | キリン | クリスマス | ケーキ | エアコン |
| 雞尾酒 | 長頸鹿 | 聖誕節 | 蛋糕 | 冷氣 |

65

假名是這樣來的

散 → 散 → サ
手拿著竹子切開肉。本來是「分裂」。引伸成「分散」。

之 → 之 → シ
像人往前走的腳印。借用為「的」「這個」之意。

須 → 須 → ス
哇！是長滿鬍子的臉呢！原來是「鬍」字。被借用成「等待」喔！

世 → 世 → セ
三個十年，下面用線連起來。三十年的意思囉！

曾 → 曾 → ソ
蒸東西的蒸籠，疊在一起。有「覆蓋、重疊」的意思。

小小筆記

掃QR碼看
假名視頻小劇場

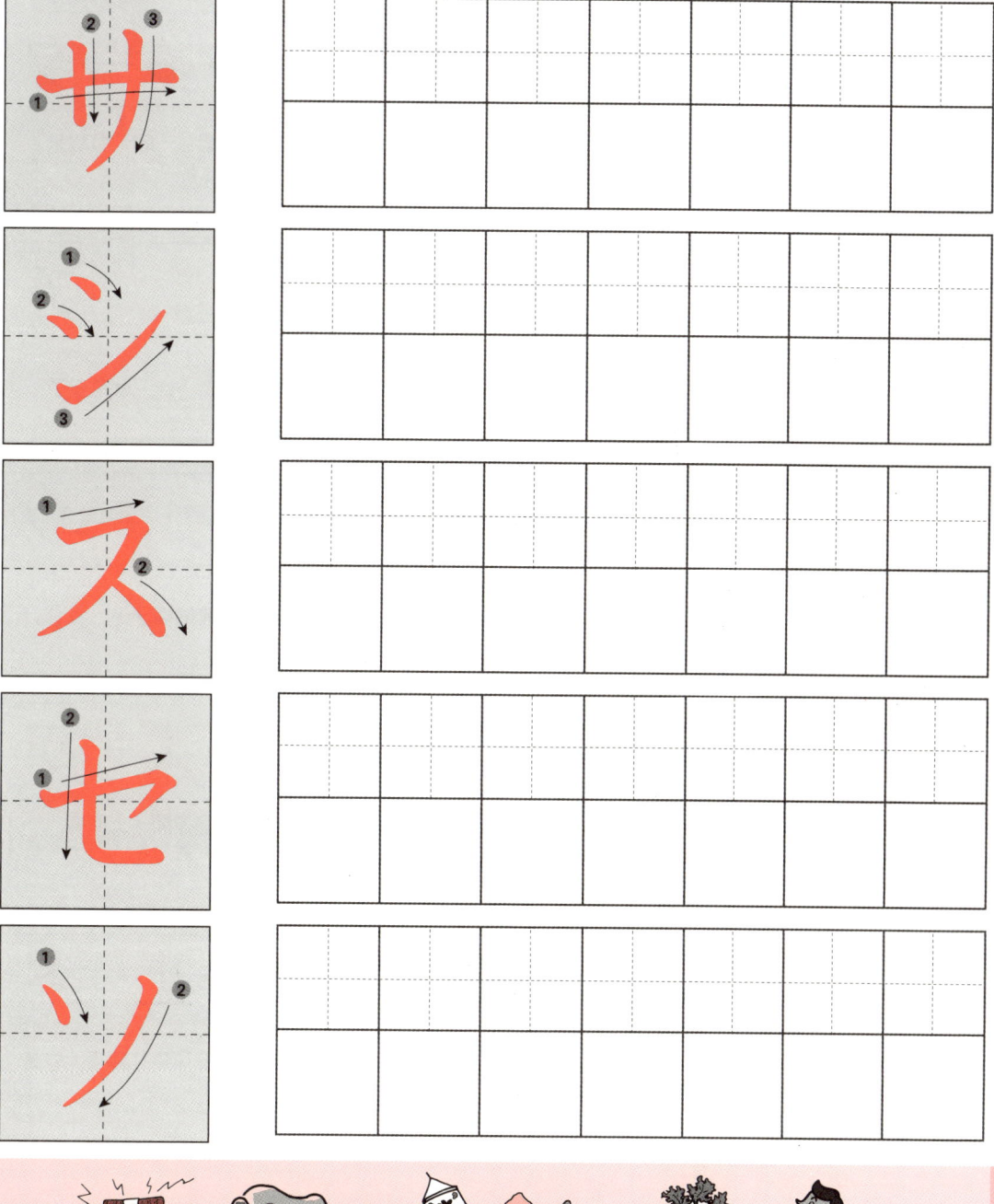

サ行 CD 1-17

| サ |
| シ |
| ス |
| セ |
| ソ |

サイレン 警笛
ミシン 縫紉機
アイス 冰
セロリ 芹菜
マラソン 馬拉松

67

假名是這樣來的

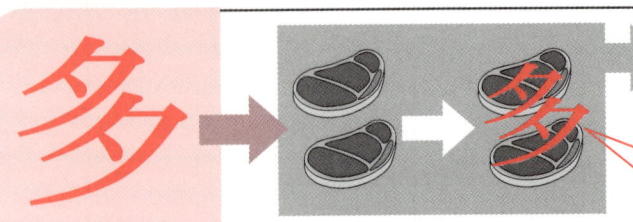

多 → 多 → タ
好像兩塊牛排疊在一起，看起來是不是「很多」呢？

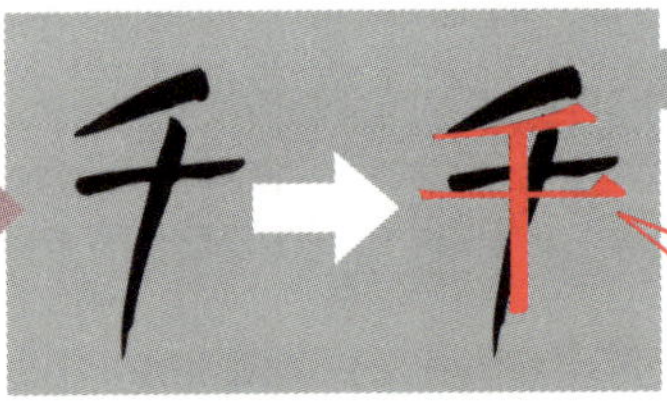

千 → 千 → チ
「十」上面加上「一」就是千了。

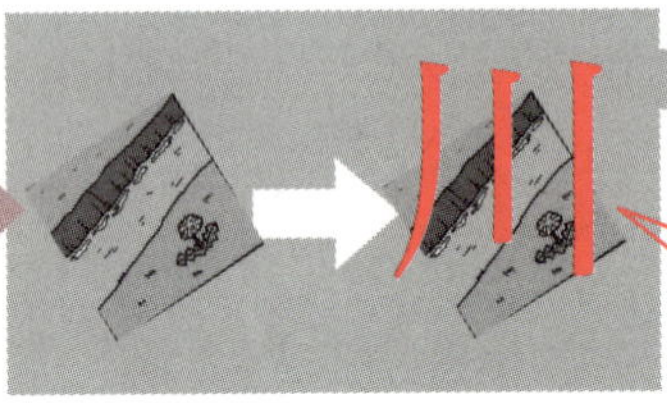

川 → 川 → ツ
陸地上有水在流的樣子。「河川」。

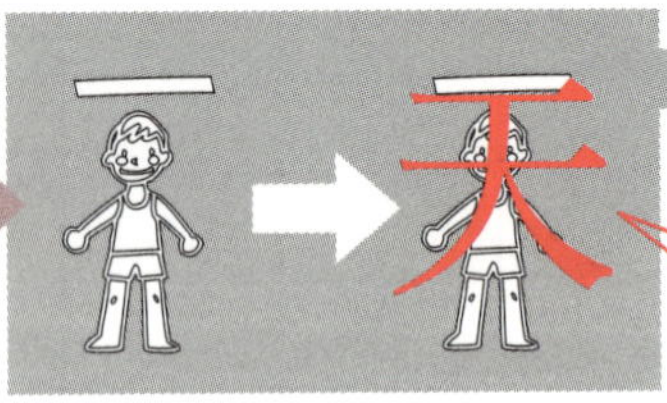

天 → 天 → テ
一個人「大」字擺開，上面有「一」畫，表示天。意思是「最上、最高」。

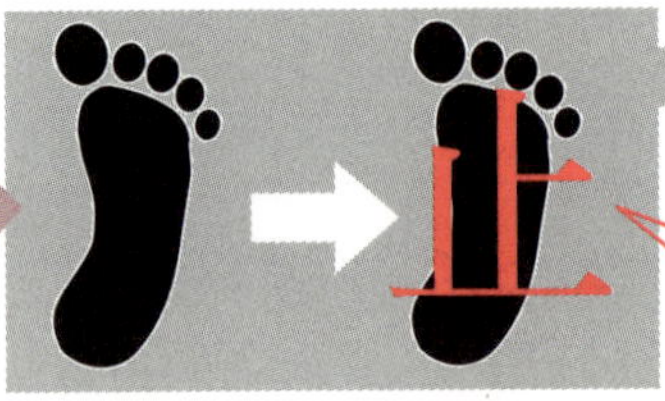

止 → 止 → ト
形狀像腳印，腳印停在那裡。就是「停止」囉！

小小筆記

掃QR碼看
假名視頻小劇場

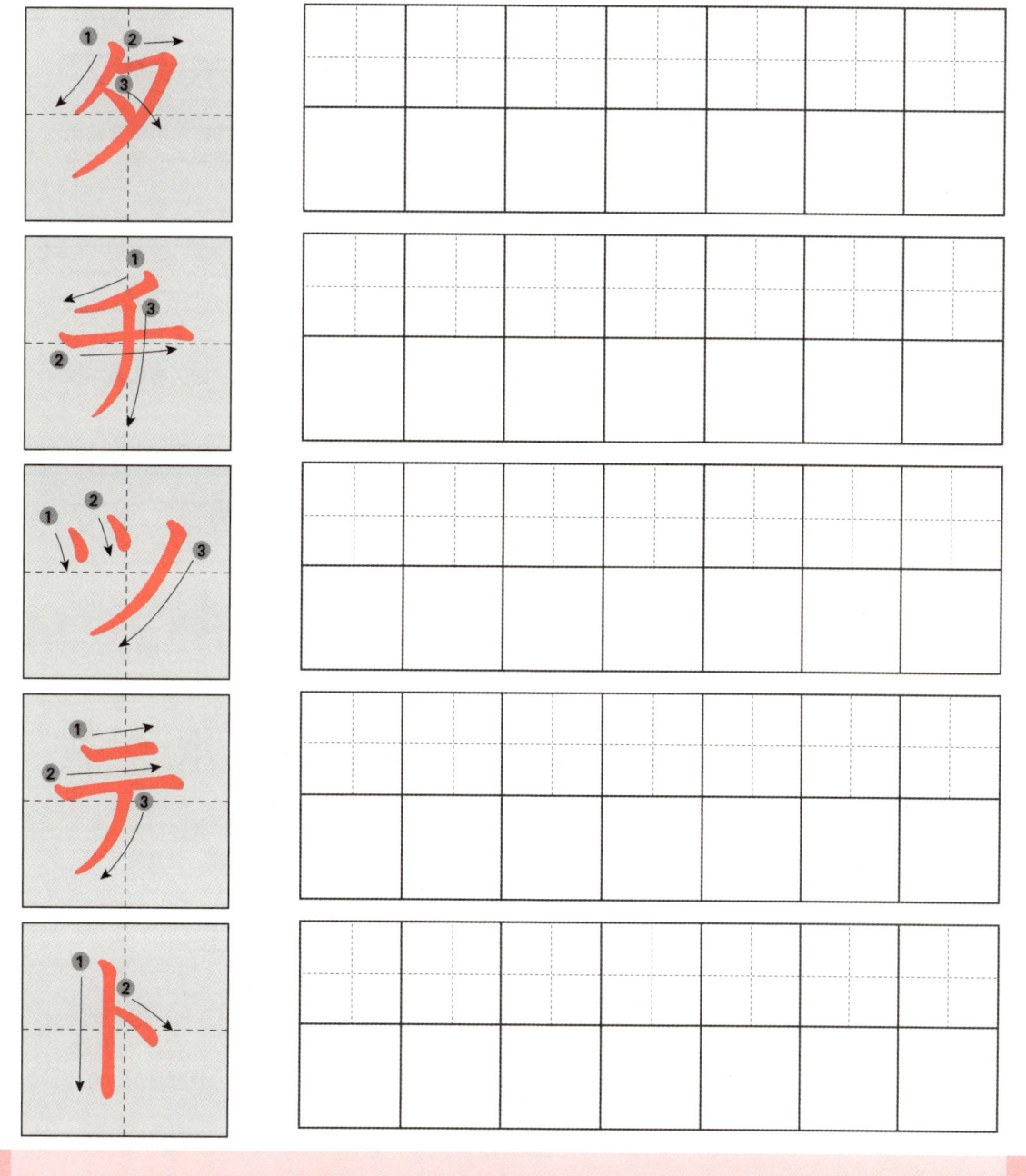

タ行 CD 1-17

タ		
チ		
ツ		
テ		
ト		

レタス 萵苣　　**チキン** 雞肉　　**パンツ** 內褲　　**テキスト** 教科書　　**トイレ** 廁所

假名是這樣來的

奈 → 奈→奈→ナ
「奈」是蘋果類的樹。牛頓看蘋果掉下來，產生了疑問。「奈」就是用在疑問詞上了。

仁 → 仁→仁→二
也可以這麼想，一個人有兩隻手指頭。

奴 → 奴→奴→ヌ
女人用手在工作，像不像三從四德的女人。那就是「順從」了。

祢 → 祢→祢→ネ
人跪在神明前面，跟神這麼靠近。於是就有「順天意」之意囉！

乃 → 乃→乃→ノ
弓箭的弦鬆掉了，好像有什麼話要說。於是借用成「也就是說」啦！

小小筆記

掃QR碼看
假名視頻小劇場

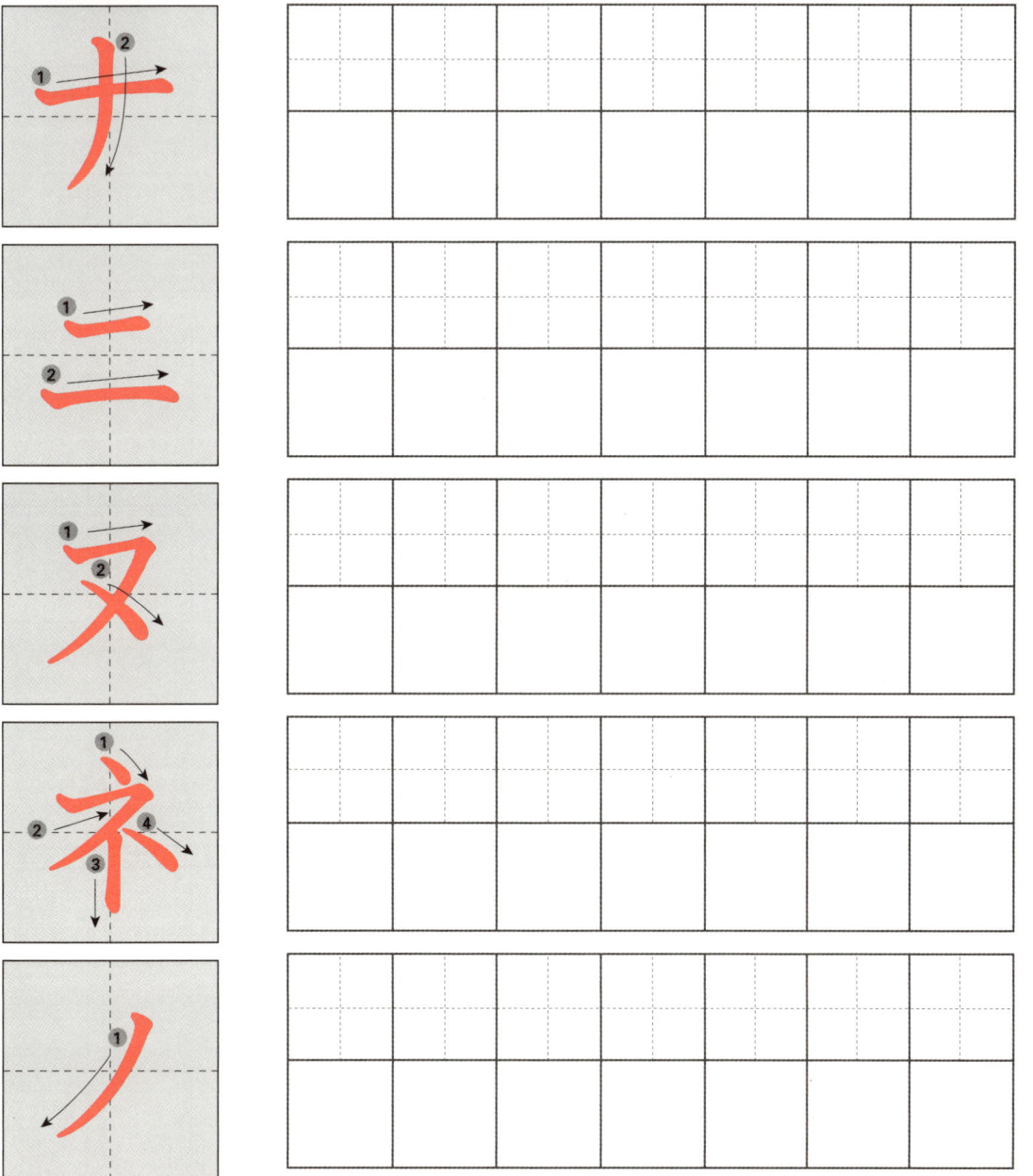

ナ行 CD 1-17

| ナ | ニ | ヌ | ネ | ノ |

| ナイフ | テニス | コンビニ | ネクタイ | ノート |
| 刀子 | 網球 | 便利商店 | 領帶 | 筆記 |

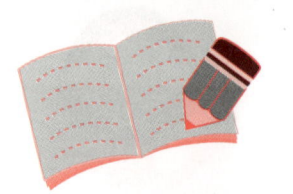

NOTE

假名就在你身旁 休閒運動

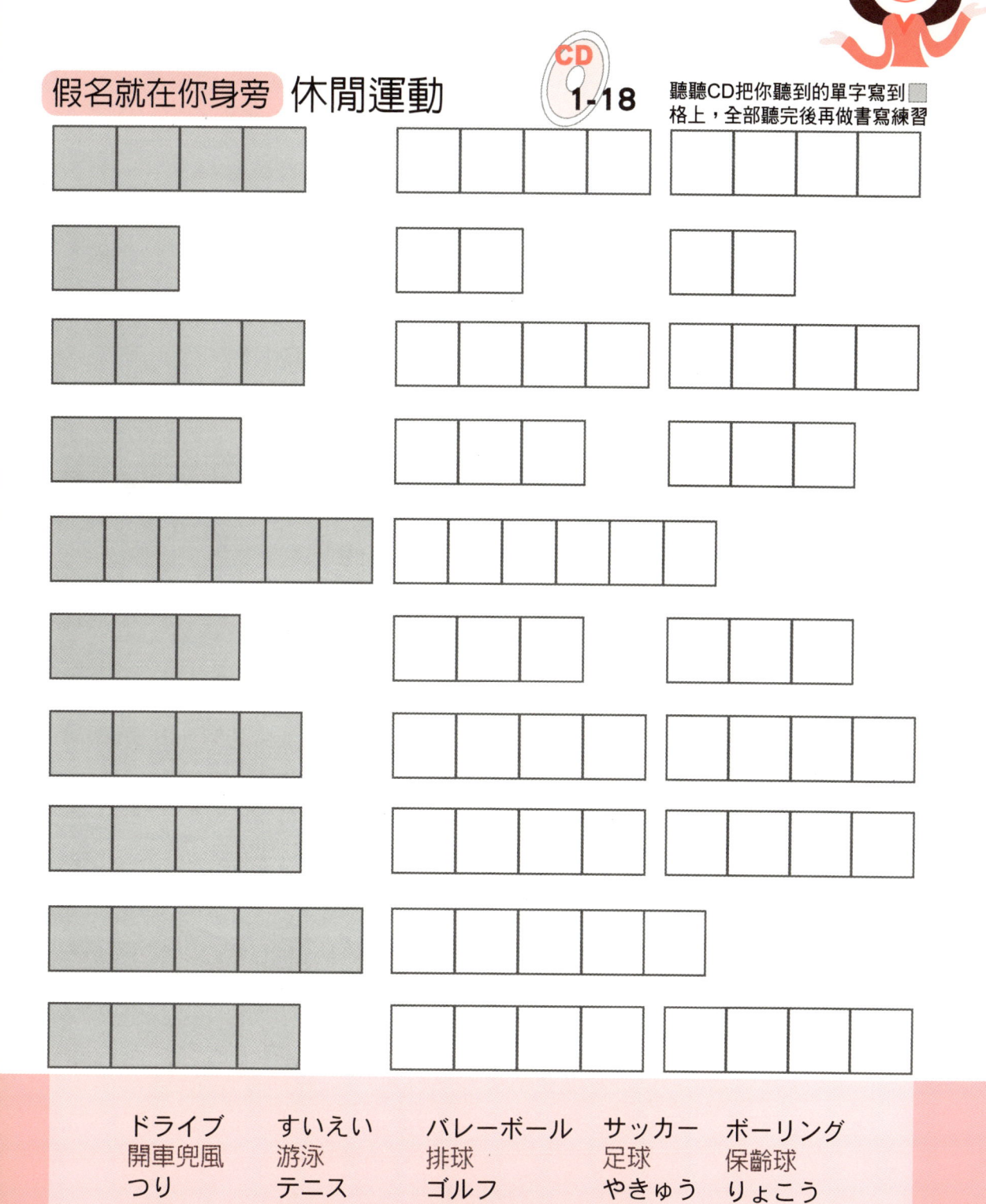

CD 1-18

聽聽CD把你聽到的單字寫到格上，全部聽完後再做書寫練習

ドライブ	すいえい	バレーボール	サッカー	ボーリング
開車兜風	游泳	排球	足球	保齡球
つり	テニス	ゴルフ	やきゅう	りょこう
釣魚	網球	高爾夫球	棒球	旅行

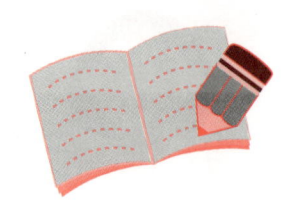

ピクニック	おんせん	りんごがり	ショッピング	パチンコ
野餐	温泉	採蘋果	購物	伯青哥
キャンプ	スキー	けいば	まーじゃん	カラオケ
露營	滑雪	賽馬賭博	麻將	卡拉OK

会話 1

おんな１：おいしそう。
女1：好好吃的樣子喔！
おんな２：たべましょう。
女2：吃吧！
おとこ：ちょっと まってよ。
男：等等啦！

会話 2

おんな：がんばって。
女：加油！
おとこ：がんばれ。
男：加油！

休閒運動

ボーリング
やきゅう
テニス
サッカー
ゴルフ
ピクニック
カラオケ
ショッピング
ドライブ
まーじゃん
ちょっとまってよ。
パチンコ
おいしそう。
すいえい
たべましょう。

スキー

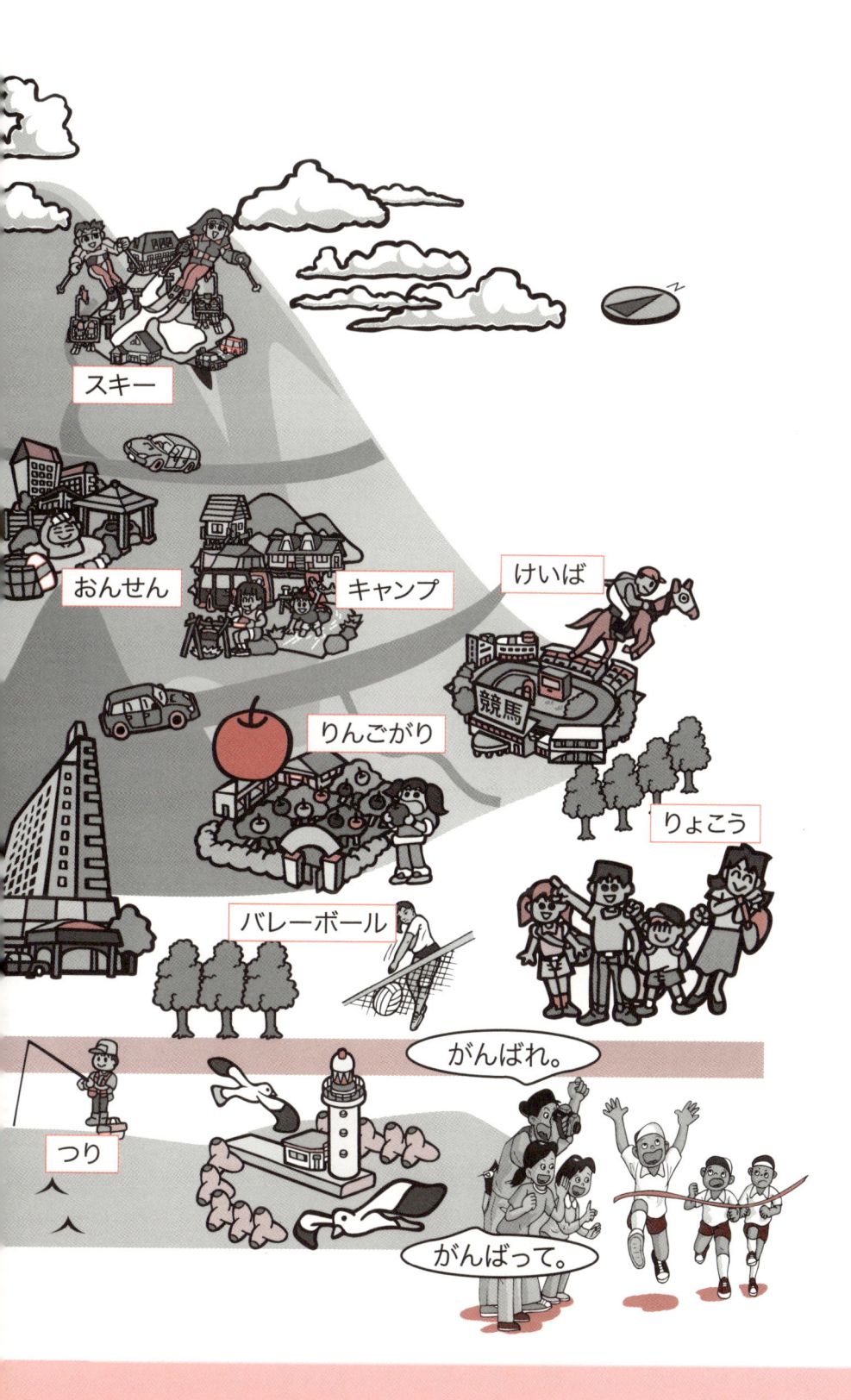

おんせん　キャンプ　けいば

りんごがり

りょこう

バレーボール

がんばれ。

つり

がんばって。

假名是這樣來的

八 → 八 → 八 → ハ
兩個背對背的人，要「分開」啦！後來借用成數字「八」。

比 → 比 → 比 → ヒ
兩個人站在一起，看誰比較帥。所以有「並列」「比較」的意思喔！

不 → 不 → 不 → フ
花房膨脹得太厲害了，那就不好啦！所以「否定的助詞」都用它。

部 → 音 → 部 → ヘ
佃農跟地主分得一些土地，好辛苦喔！因此，有「部分」「區分」之意。

保 → 保 → 保 → ホ
人背著小孩。很明顯的，就是「養育」囉！

小小筆記

ハ行

掃QR碼看
假名視頻小劇場

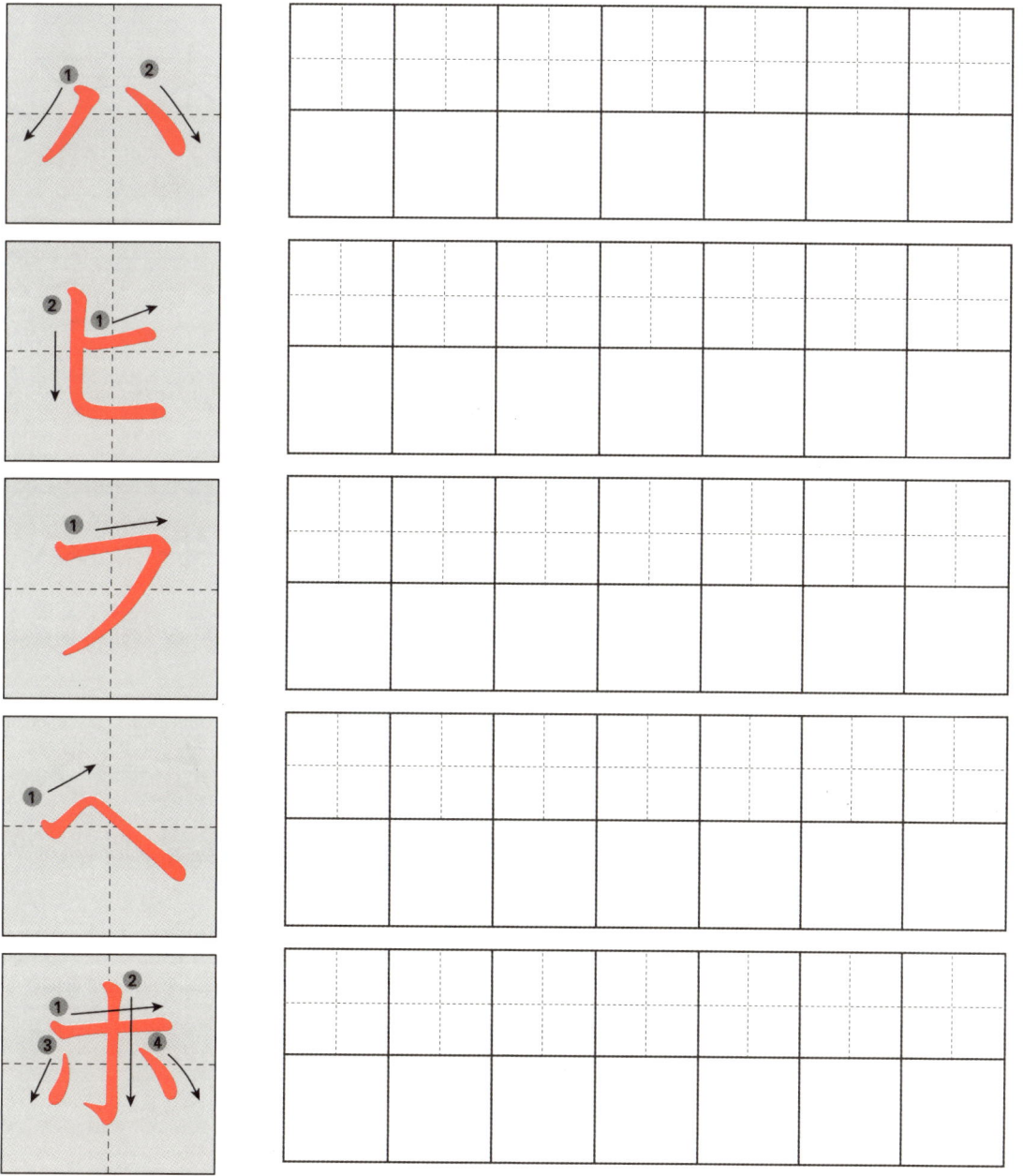

CD 1-20

ハ
ヒ
フ
ヘ
ホ

ハム	ヒント	フランス	ヘアムース	ホテル
火腿	提示	法國	慕絲	飯店

假名是這樣來的

末 → 末 → マ

樹木最上面的部分。不用說那就是「樹梢」「末端」啦！

三 → 三 → ミ

三根手指頭。

牟 → 牟 → ム

「ム」是牛的叫聲，叫得好大聲喔！好像要什麼呢！有「獲取」的意思。

女 → 女 → メ

一個女人靜靜地在那裡。「女人」的意思。

毛 → 毛 → モ

獸類身上的毛，毛茸茸的樣子。

小小筆記

掃QR碼看
假名視頻小劇場

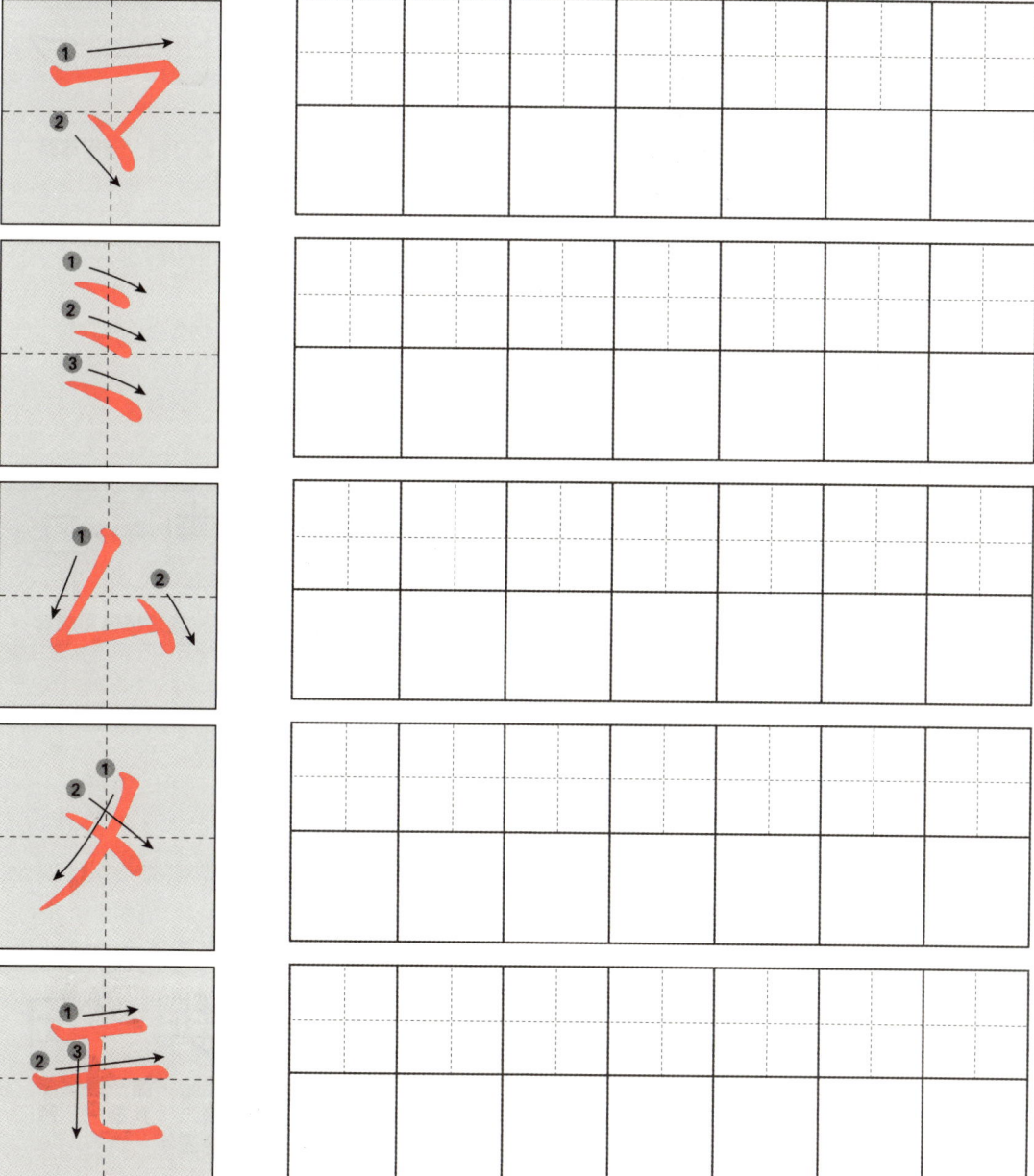

マ行

| マ |
| ミ |
| ム |
| メ |
| モ |

トマト 蕃茄　ミカン 橘子　オムライス 蛋包飯　カメラ 照相機　レモン 檸檬

81

假名是這樣來的

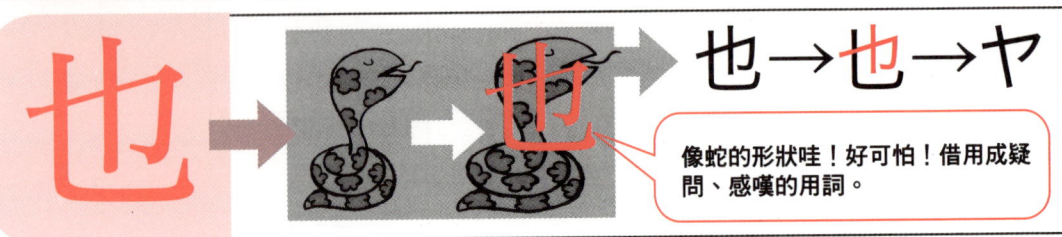

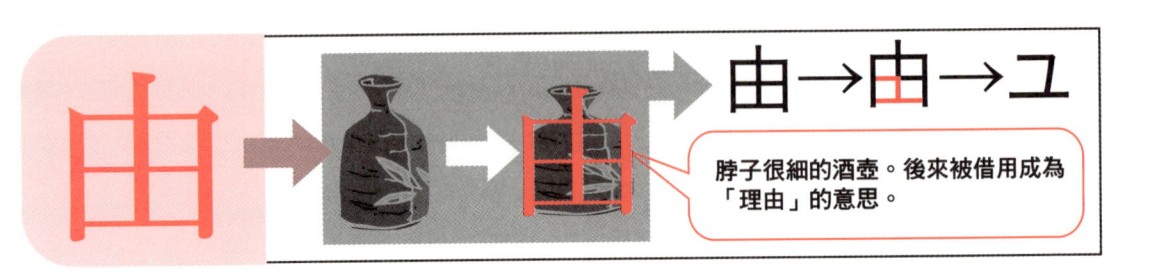

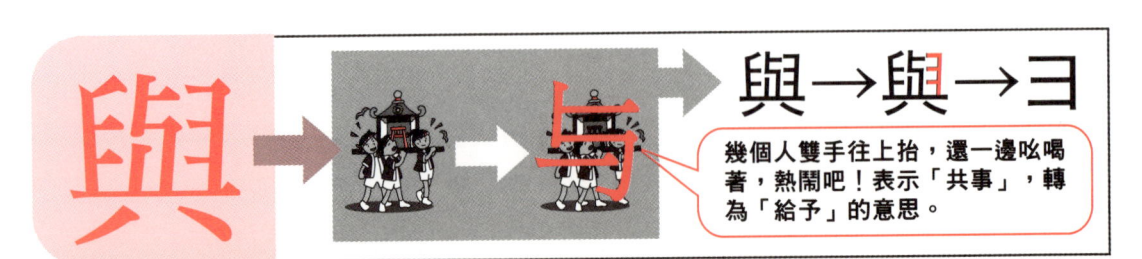

也 → 也 → ヤ

像蛇的形狀哇！好可怕！借用成疑問、感嘆的用詞。

由 → 由 → ユ

脖子很細的酒壺。後來被借用成為「理由」的意思。

與 → 與 → ヨ

幾個人雙手往上抬，還一邊吆喝著，熱鬧吧！表示「共事」，轉為「給予」的意思。

小小筆記

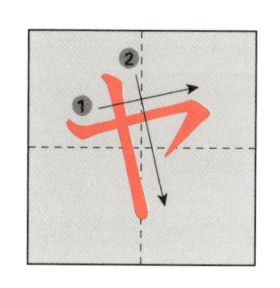

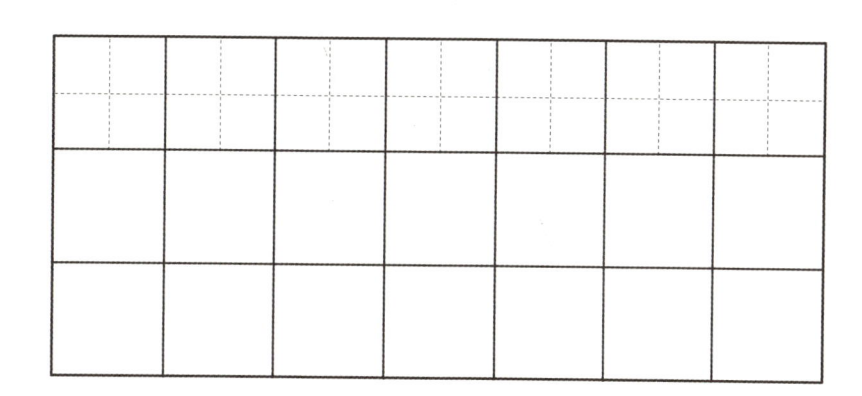

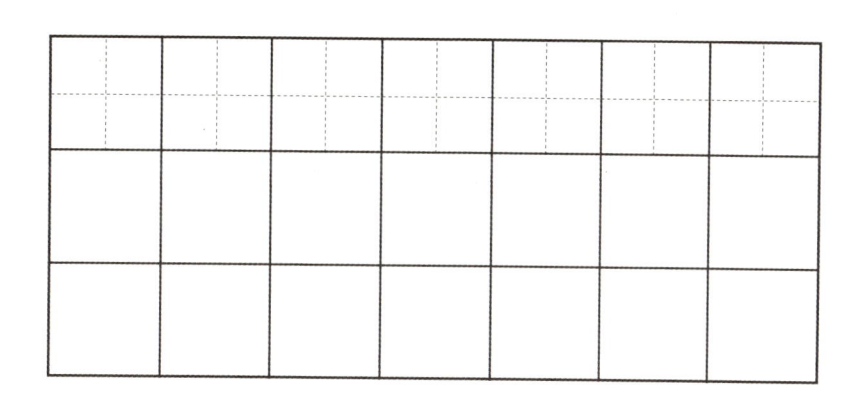

掃QR碼看
假名視頻小劇場

ヤ行
CD 1-20

ヤ

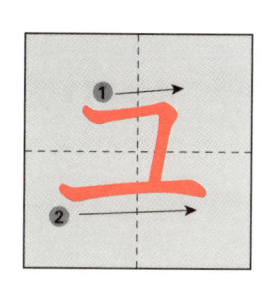

ユ

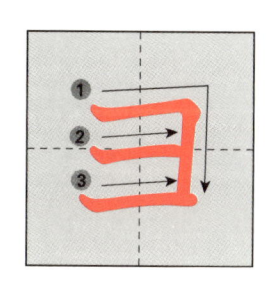

ヨ

タイヤ	シャワー	ユリ	 クレヨン	ヨーグルト
輪胎	淋浴	百合花	蠟筆	養樂多

假名是這樣來的

良 → 良 → 良 → ラ
穀類經過篩子篩過，可以選出更好的呢！有「更好」的意思。

利 → 利 → 利 → リ
拿著鋤頭在田裡耕作，收成一定很好囉！所以有「銳利」跟「有益」之意呢！

流 → 流 → 流 → ル
水流暢地往下流。

礼 → 礼 → 礼 → レ
用豐富的祭品拱奉神明。表示祭拜神明的禮節。

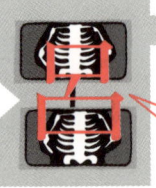

呂 → 呂 → 呂 → ロ
人的背骨相連在一起。引伸為全體重要的部分。

小小筆記

ラ行

CD 1-20

掃QR碼看假名視頻小劇場

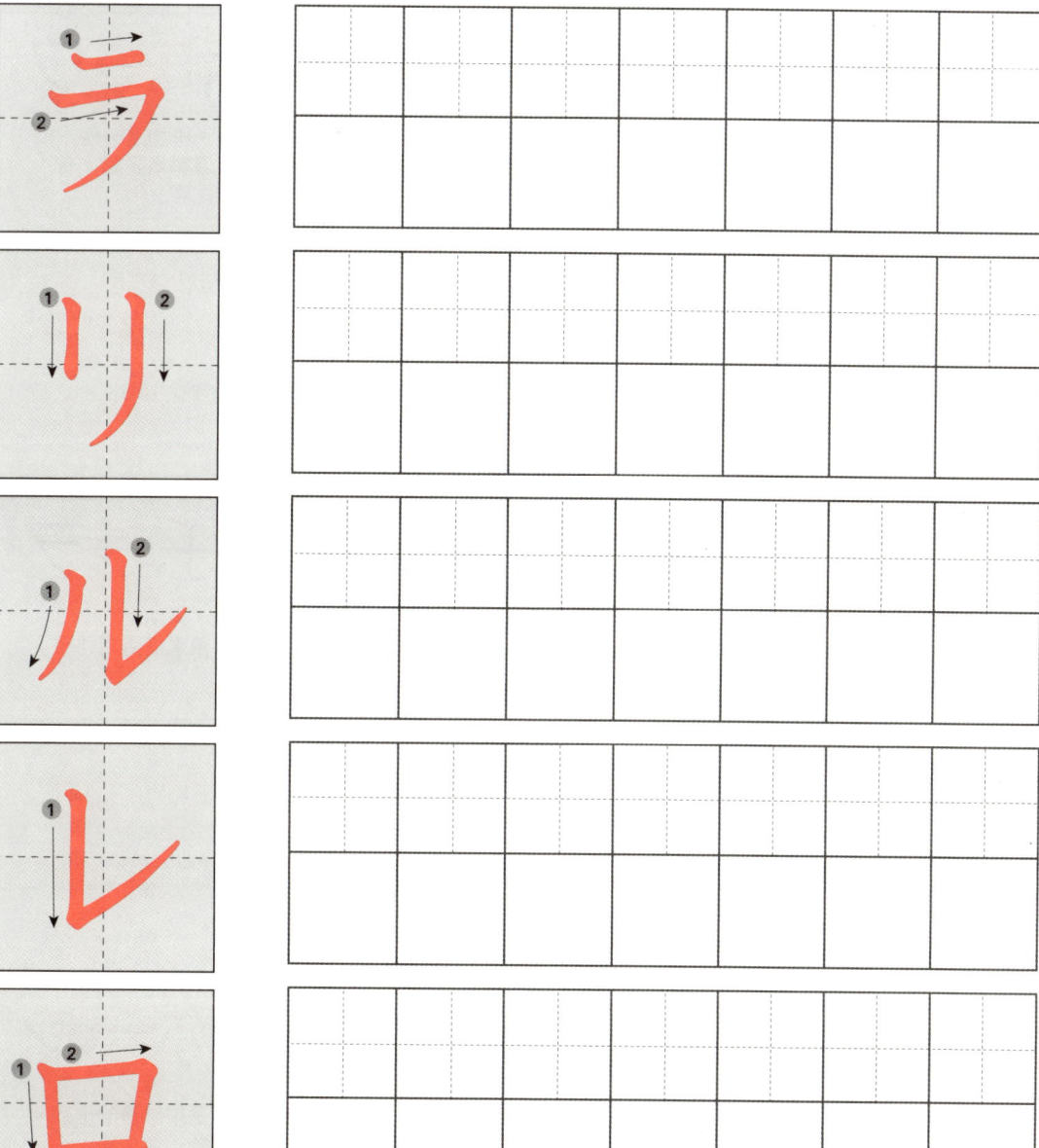

| ラ | リ | ル | レ | ロ |

ライス 白飯
アメリカ 美國 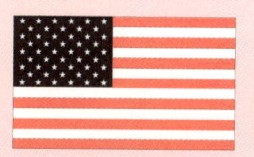
ホタル 螢火蟲 
タレント 演員 
アイロン 熨斗 

85

假名是這樣來的

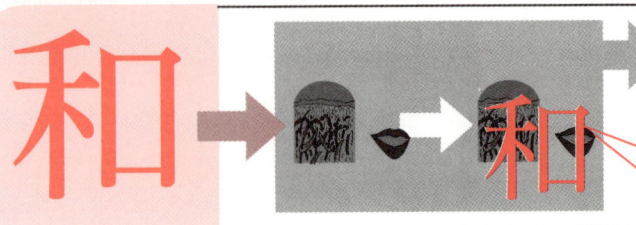

和 → 和 → ワ

稻禾輕柔隨風飄，再加上一個「口」。表示親切、溫和地說話。有「柔和」「和平」之意。

乎 → 乎 → ヲ

手柄彎曲的斧頭，再加上「小」。表示「小炳」。後來借用成感嘆、疑問的助詞。

尒 → 尒 → ン

原字是「爾」。是紡紗車的形狀。後來借用成代名詞「你」等。

小小筆記

ワ行

掃QR碼看
假名視頻小劇場

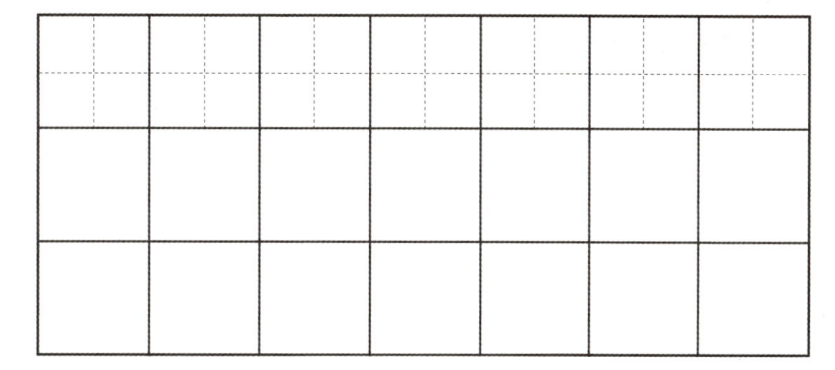

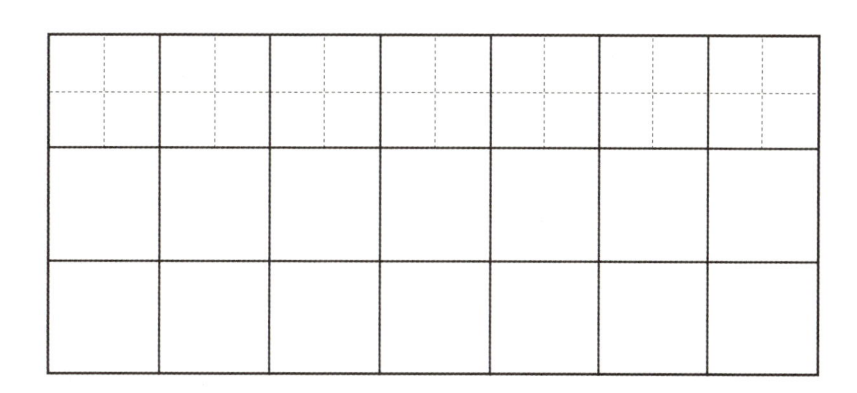

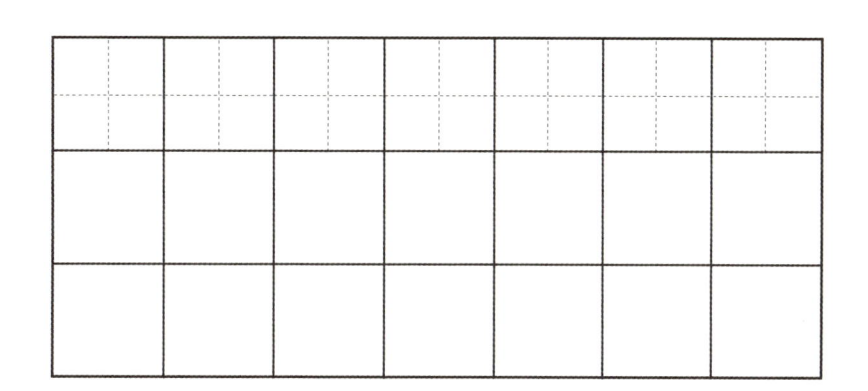

CD 1-20

ワ

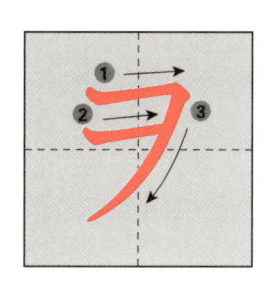

ヲ

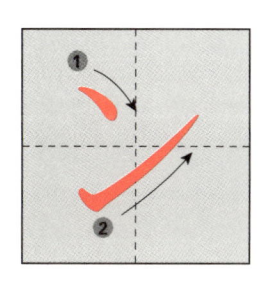

ン

詞彙	中文
ワイン	葡萄酒
ヒマワリ	向日葵
レストラン	餐廳
ハンカチ	手帕
メロン	哈密瓜

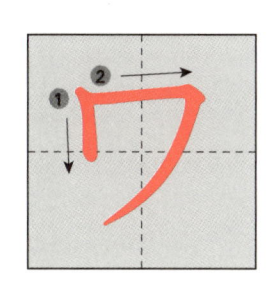

87

字形相似的片假名

エ － ニ
オ － ホ
ケ － ナ
マ － ム
リ － ソ
ル － レ
イ － ト － ヘ
シ － ツ － ミ
タ － ヌ － フ
チ － ナ － テ
ノ － メ － ヌ
コ － ユ － ヨ － ロ
セ － ヒ － モ － ヤ
ソ － ツ － ン － ノ
ウ － ワ － ク － ス － ヌ

假名就在你身旁 熱鬧的街道 CD 1-21

聽聽CD把你聽到的單字寫到□格上，全部聽完後再做書寫練習

きっさてん	びよういん	デパート	ぎんこう	パチンコや
咖啡店	美容院	百貨公司	銀行	伯青哥店
ゆうびんきょく	ちゅうしゃじょう	えいがかん	かいしゃ	カラオケ
郵局	停車場	電影院	公司	卡拉OK

びょういん　醫院
たからくじうりば　彩券販售店
げきじょう　劇場
けいばじょう　賽馬場
スーパー　超市
ガソリンスタンド　加油站
ホテル　飯店
としょかん　圖書館
やきゅうじょう　棒球場
ゲームセンター　電玩

会話

おんな：すみません。
　　　　えいがかんは どこですか。
女：請問，電影院在哪裡？

けいさつ：えっと、
　　　　　このみちを まっすぐ いって ください。
　　　　　そうすると こうさてんが あります。
警察：嗯，這條路直走，
　　　這樣就會看到十字路。

おんな：こうさてんですね。
女：十字路啊！

けいさつ：ええ、その こうさてんを ひだりに
　　　　　まがって ください。
警察：對，在十字路左轉。

けいさつ：まっすぐ いくと、はしが あります。
警察：直走就會看到橋。

けいさつ：そこを わたって ください。
警察：請走過橋。

けいさつ：はしを わたると ホテルが あります。
警察：一過橋就會看到飯店。

けいさつ：えいがかんは ホテルの となりに
　　　　　あります。
警察：電影院就在飯店的隔壁。

おんな：ホテルの となりですね。
　　　　ありがとう ございました。
女：飯店的隔壁啊！謝謝您！

熱鬧的街道

8. えいがかんは
   ほてるのとなりにあります。

6. そこをわたってください

9. ほてるのとなりですね。
   ありがとうございました。

えいがかん

ホテル

7. はしをわたると
   ほてるがあります

げきじょう

デパート　ゲームセンター

としょかん

ゆうびんきょく

1. すみません。えいがかんはどこですか。

びょういん

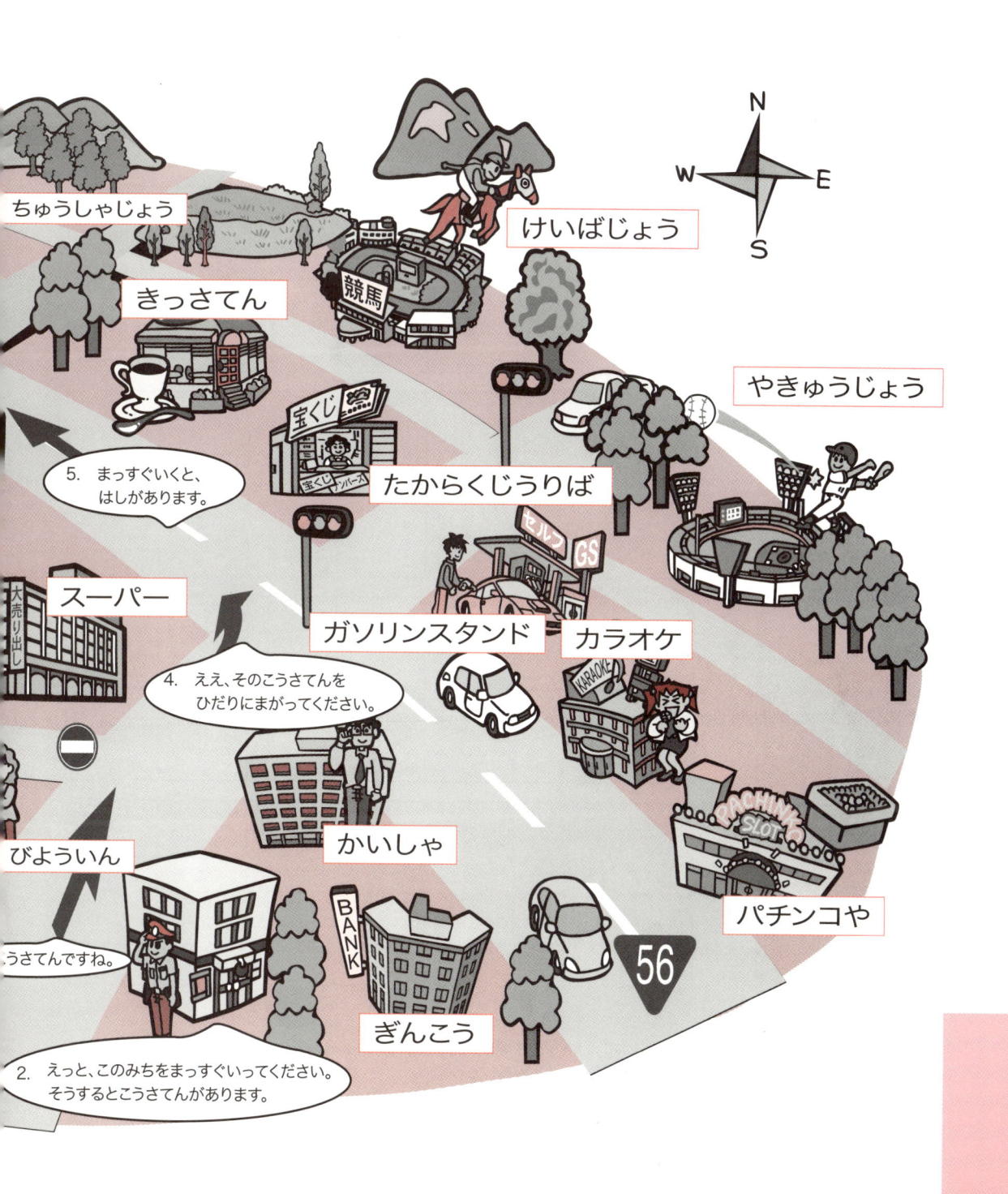

ちゅうしゃじょう

きっさてん

けいばじょう

やきゅうじょう

5. まっすぐいくと、はしがあります。

たからくじうりば

スーパー

ガソリンスタンド

カラオケ

4. ええ、そのこうさてんをひだりにまがってください。

かいしゃ

パチンコや

びょういん

うさてんですね。

ぎんこう

2. えっと、このみちをまっすぐいってください。そうするとこうさてんがあります。

ガ行 CD 1-23

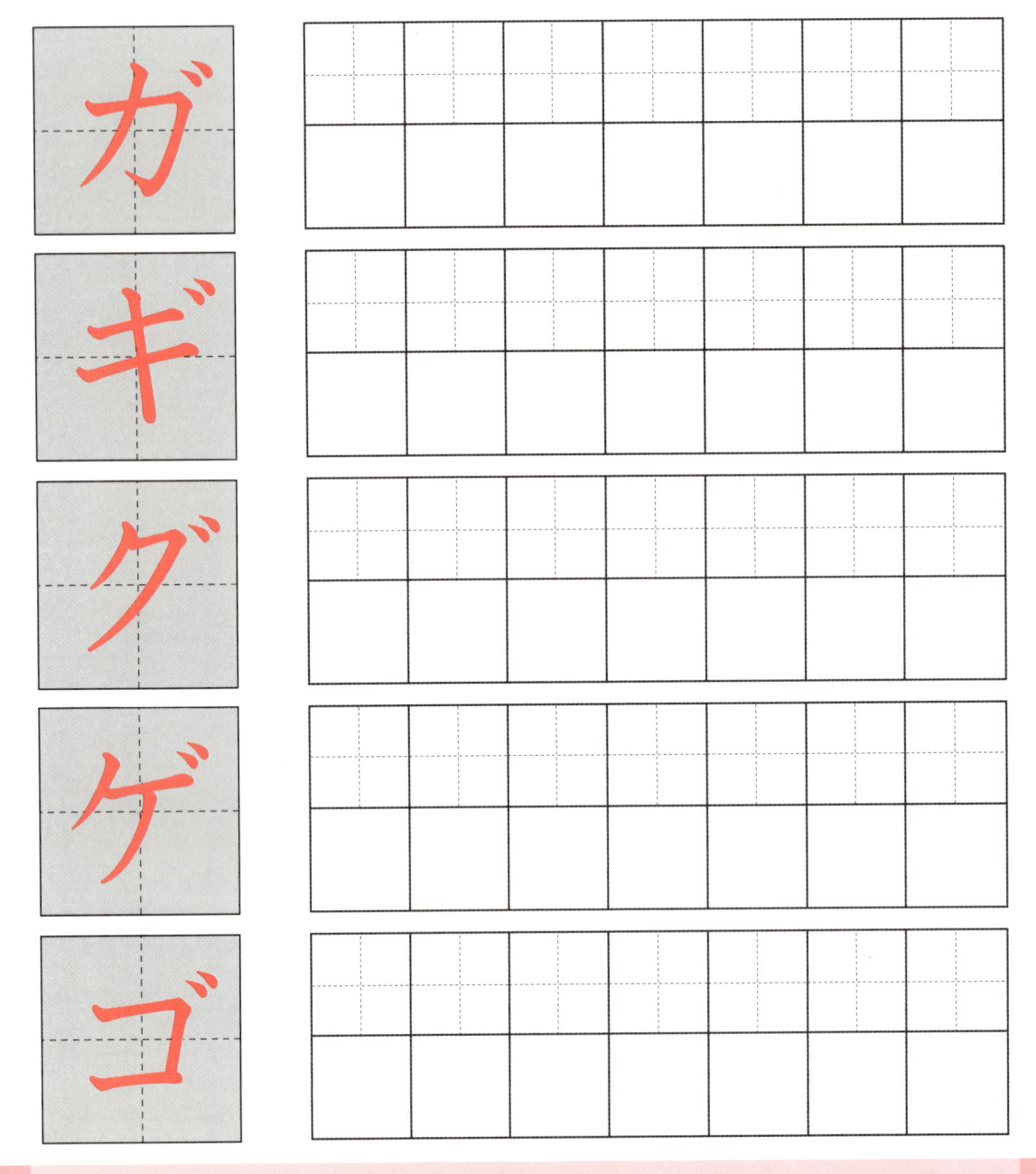

| ガ |
| ギ |
| グ |
| ゲ |
| ゴ |

メガネ
眼鏡

ペンギン
企鵝

ハイキング
遠足

レンゲ
紫雲英

ゴルフ
高爾夫球

ザ行

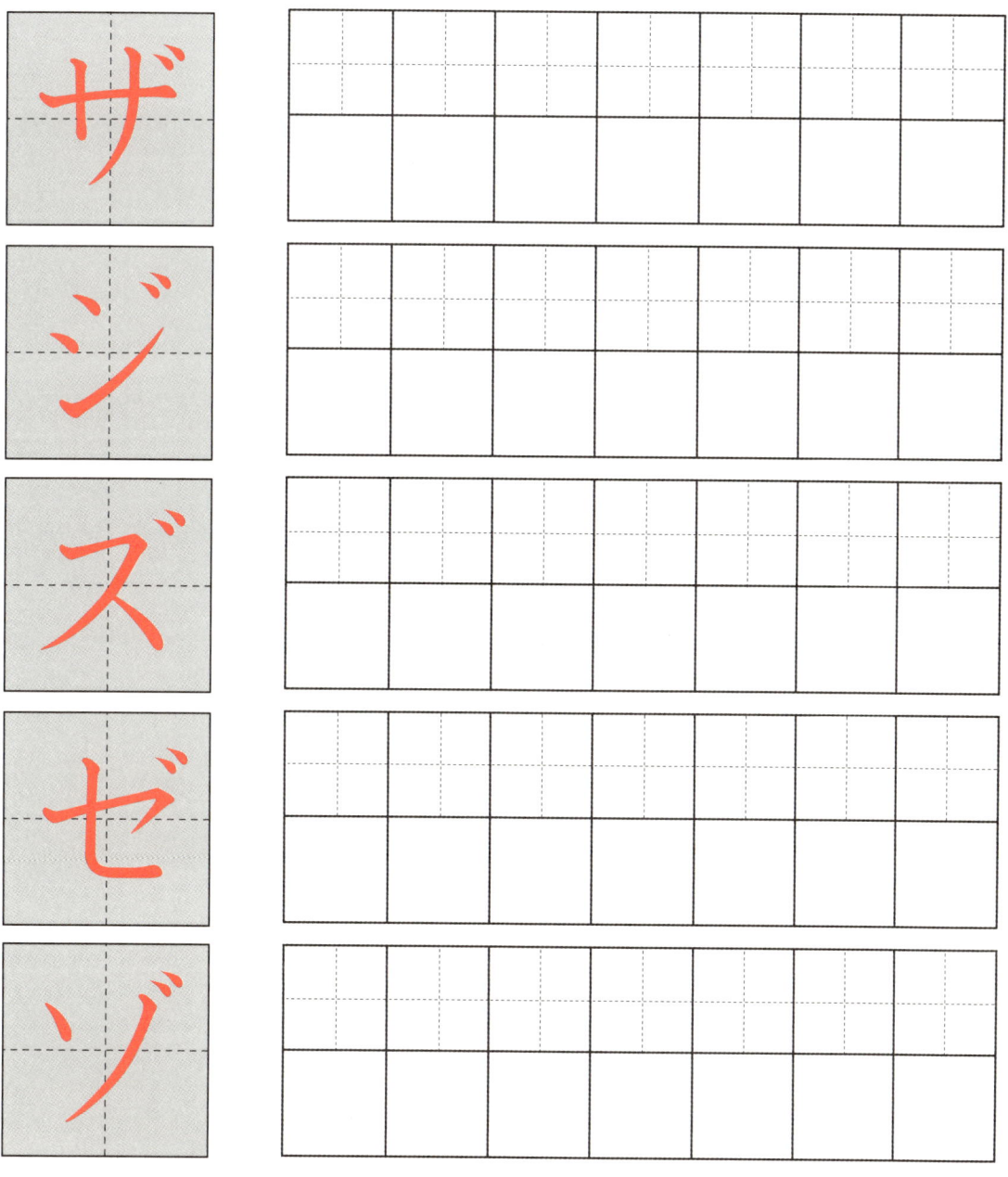

| ザ | ジ | ズ | ゼ | ゾ |

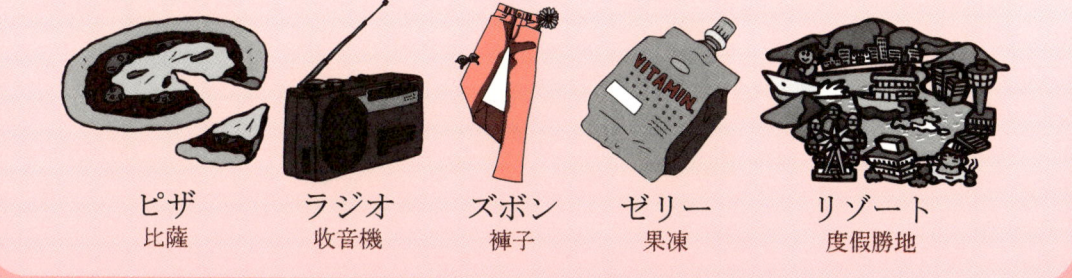

ピザ
比薩

ラジオ
收音機

ズボン
褲子

ゼリー
果凍

リゾート
度假勝地

ダ行 CD 1-23

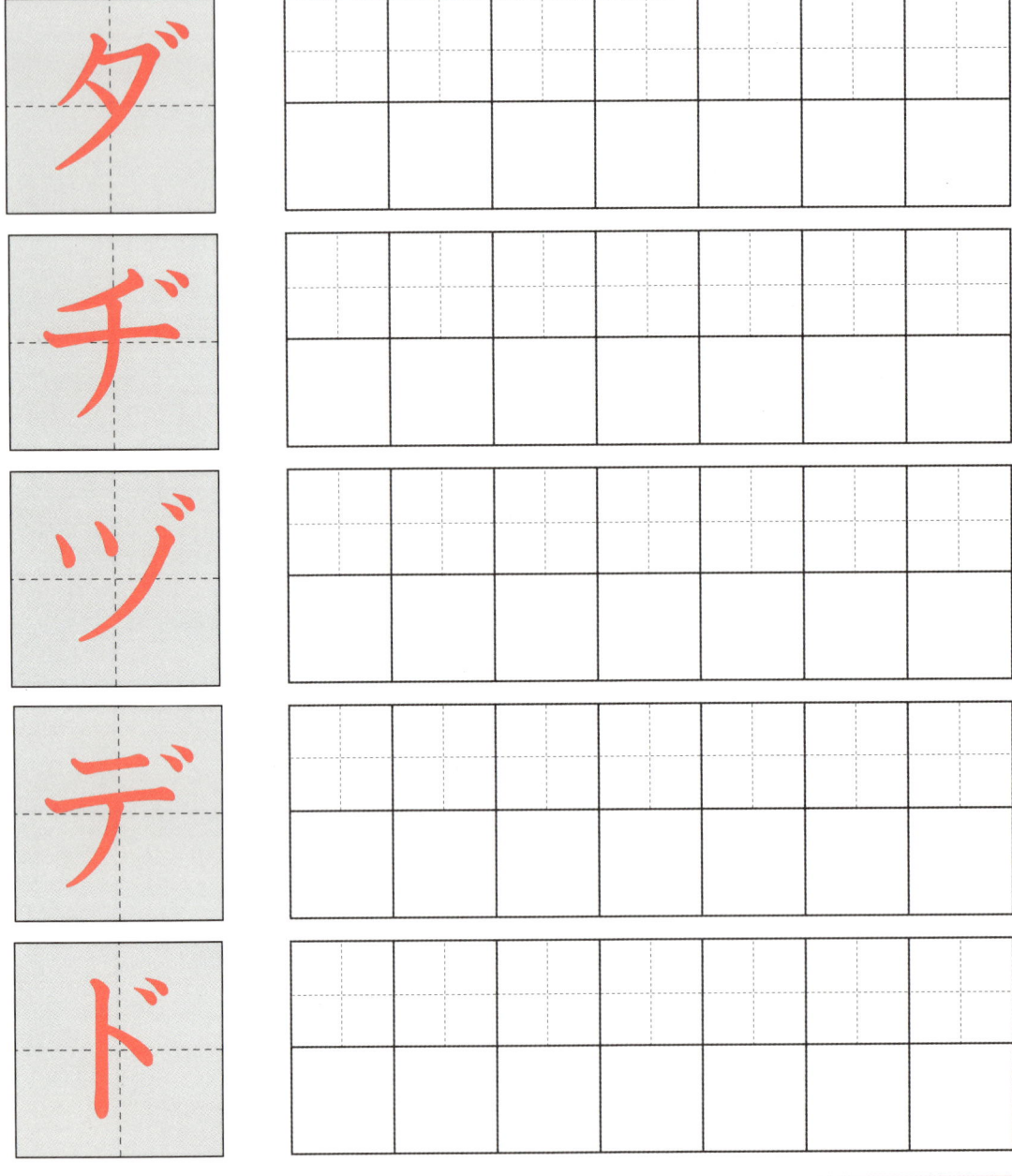

| ダ | ヂ | ヅ | デ | ド |

| ダンス | パンダ | デパート | モデル | ドア |
| 跳舞 | 熊貓 | 百貨公司 | 模特兒 | 門 |

バ行 CD 1-23

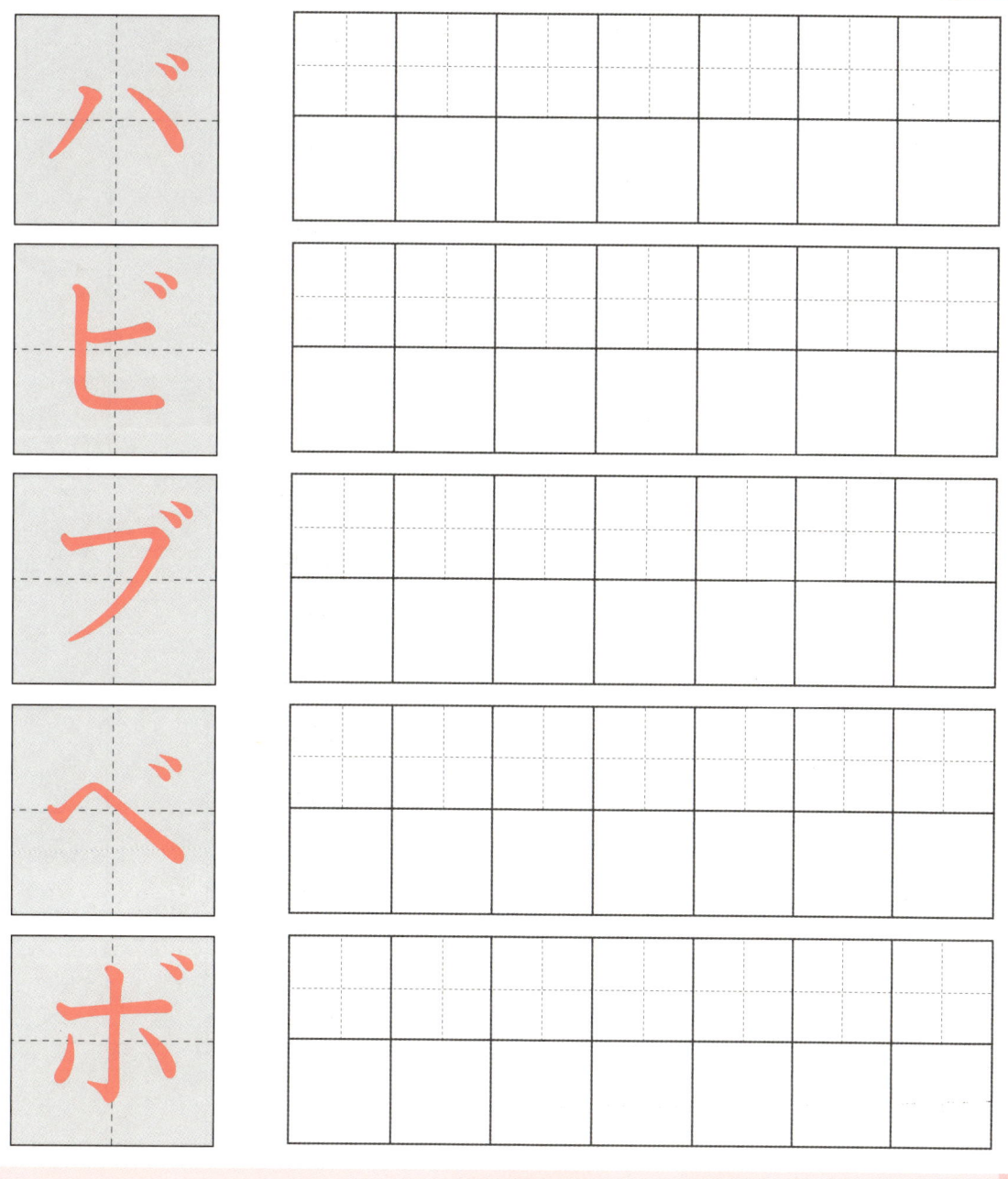

| バ |
| ビ |
| ブ |
| ベ |
| ボ |

バナナ 香蕉　テレビ 電視　ドライブ 開車兜風　ベンチ 長凳　チーズ 乳酪

パ行

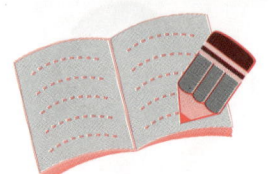

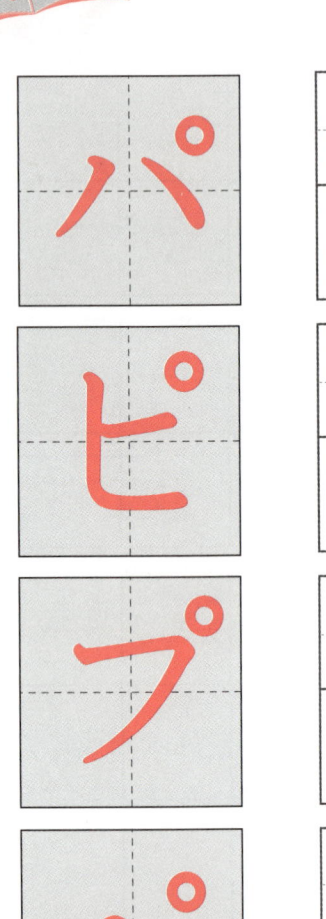

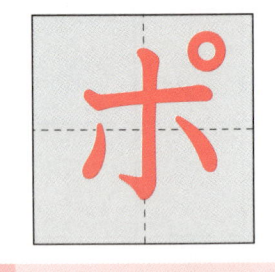

パ
ピ
プ
ペ
ポ

パチンコ	ピアノ	タイプ	ペン	ポスト
伯青哥	鋼琴	打字	筆	郵筒

假名就在你身旁 吃飯囉！

CD 1-24

聽聽CD把你聽到的單字寫到□格上，全部聽完後再做書寫練習

すし	かつどん	うなじゅう	うどん	ラーメン
壽司	炸豬排蓋飯	鰻魚蓋飯	烏龍麵	拉麵
てんぷら	おでん	そば	かいせきりょうり	つけもの
炸蝦魚	黑輪	蕎麥麵	懷石料理	醬菜

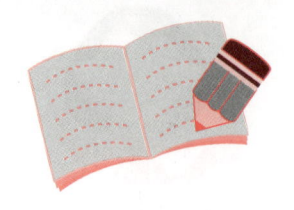

オムライス　カレーライス　フライドポテト　かきごおり　どらやき
蛋包飯　　咖哩飯　　　　炸薯條　　　　　刨冰　　　　銅鑼燒
なっとう　ハンバーガー　ケーキ　　　　　アイスクリーム　パフェ
納豆　　　漢堡　　　　　蛋糕　　　　　　冰淇淋　　　　聖代

会話 1

ウエートレス：いらっしゃいませ。
女服務員：歡迎光臨！
おきゃく：かいせきりょうり
　　　　　　ふたつ　ください。
客人：給我兩套懷石料理。
ウエートレス：かしこまりました。
女服務員：好的。

会話 2

ウエートレス：コーヒー　もう　いっぱい
　　　　　　　いかがですか。
女服務員：您要不要再來杯咖啡！
おきゃく：いいえ、けっこうです。
客人：不，我不要了！

吃飯囉！

- オムライス
- カレーライス
- ハンバーガー
- フライドポテト
- ケーキ
- かきごおり
- アイスクリーム
- パフェ

ウエートレス：いらっしゃいませ。
おきゃく：かいせきりょうりふたつくだ

寿司
すし

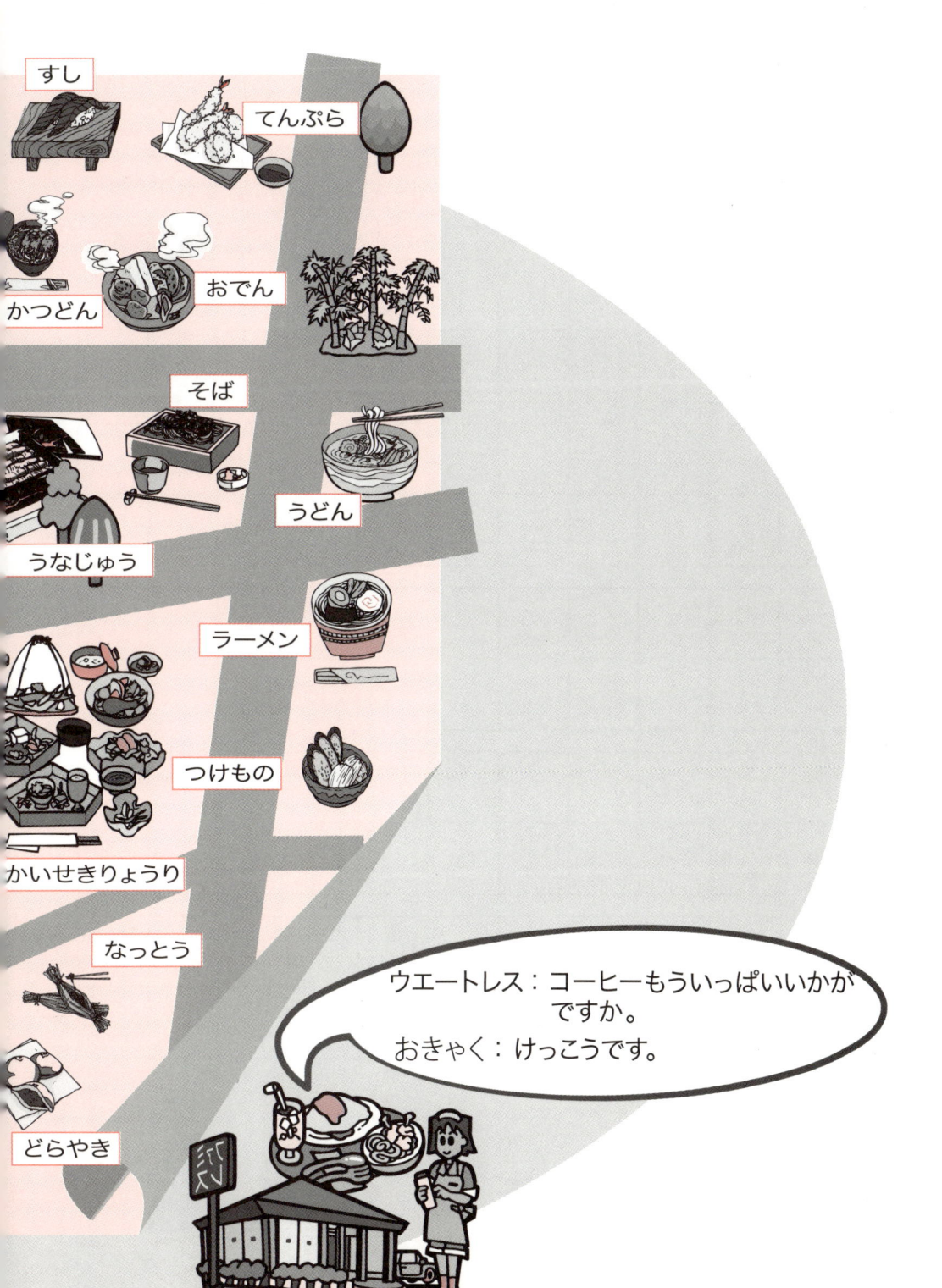

すし
てんぷら
かつどん
おでん
そば
うどん
うなじゅう
ラーメン
つけもの
かいせきりょうり
なっとう
どらやき

ウエートレス：コーヒーもういっぱいいかがですか。
おきゃく：けっこうです。

促音　CD 1-26

　　促音用寫得比較小的假名「っ」表示，片假名是「ッ」。發促音的時候，是要佔一拍的喔！

　　促音是不單獨存在的，也不出現在詞頭、詞尾，還有撥音的後面。它只出現在詞中，一般是在「か、さ、た、ぱ」行前面。書寫時，橫寫要靠下寫，豎寫要靠右寫。羅馬字是用重複促音後面的子音字母來表示。

スリッパ

ベッド

トラック

ホッチキス

バッグ

スリッパ	ベッド	トラック	ホッチキス	バッグ
拖鞋	床	貨車	釘書機	手提包

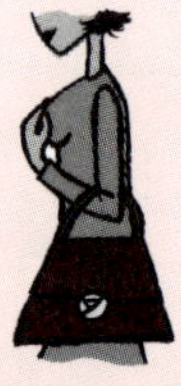

104

長音

　　長音就是把假名的母音部分，拉長一拍唸的音。要記得喔！母音長短的不同，意思就會不一樣，所以辨別母音的長短是很重要的！還有，除了撥音「ん」和促音「っ」以外，日語的每個音節都可以發成長音。

　　用片假名記外來語以「ー」表示，豎寫時以「｜」表示。

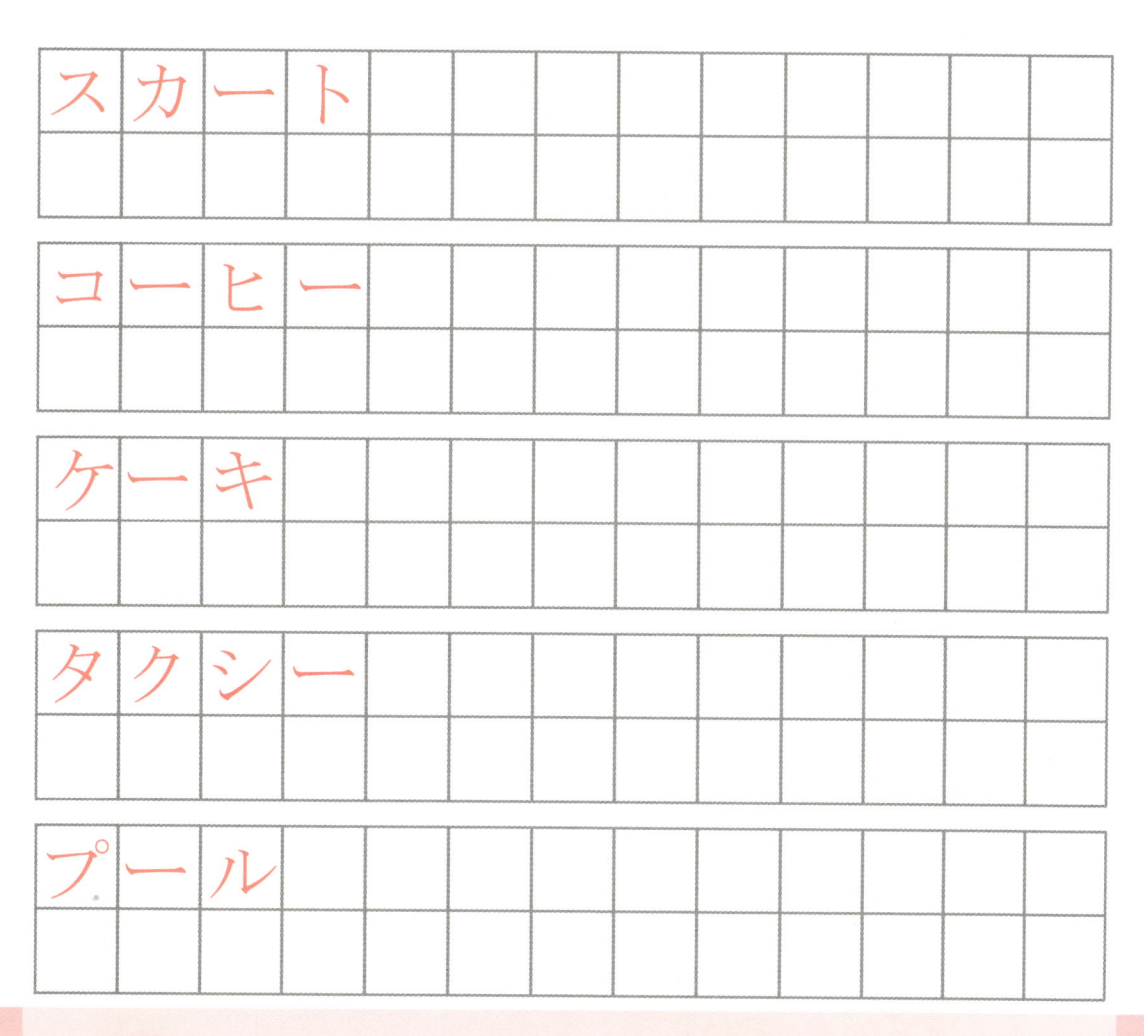

スカート

コーヒー

ケーキ

タクシー

プール

スカート	コーヒー	ケーキ	タクシー	プール
裙子	咖啡	蛋糕	計程車	游泳池

105

拗音

CD 1-28

　　由イ段假名和ヤ行相拼而成的音叫「拗音」。拗音音節只唸一拍的長度。拗音的寫法，是在「イ段」假名後面寫一個比較小的「ャ」「ュ」「ョ」，用兩個假名表示一個音節。

　　把拗音拉長一拍，就是拗長音了。例如，「ジュース」（果汁）。書寫時，橫寫要靠左下寫，豎寫要靠右上寫，而且字要小。

スチュワーデス

シャツ

ジョギング

キャベツ

ジュース

スチュワーデス
空中小姐

シャツ
襯衫

ジョギング
慢跑

キャベツ
包心菜

ジュース
果汁

假名就在你身旁 動物園跟植物園

CD 1-29

聽聽CD把你聽到的單字寫到格上，全部聽完後再做書寫練習

いぬ	うさぎ	とら	パンダ	ぞう
狗	兔子	老虎	熊貓	大象
ねこ	ライオン	キリン	くま	さる
貓	獅子	長頸鹿	熊	猴子

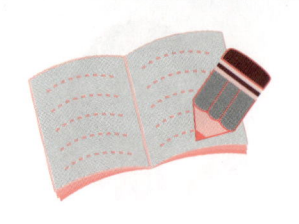

うめ	ひまわり	すずらん	カーネーション	ヒヤシンス
梅樹	向日葵	鈴蘭	康乃馨	風信子
さくら	あさがお	バラ	ゆり	クロッカス
櫻樹	牽牛花	玫瑰	百合花	紅番花

会話1

おんな：きのうは なにを しましたか。
女：你昨天都做些什麼？

おとこ：どうぶつえんへ いきました。
　　　　たのしかったです。
男：我去了動物園。真是愉快！

会話2

おんな：おはなみは さいこうだ。
女：賞櫻是人生最棒的事！

おとこ：にほんじんに うまれて よかったよ。
男：生為日本人，真是幸福！

動物園と植物園

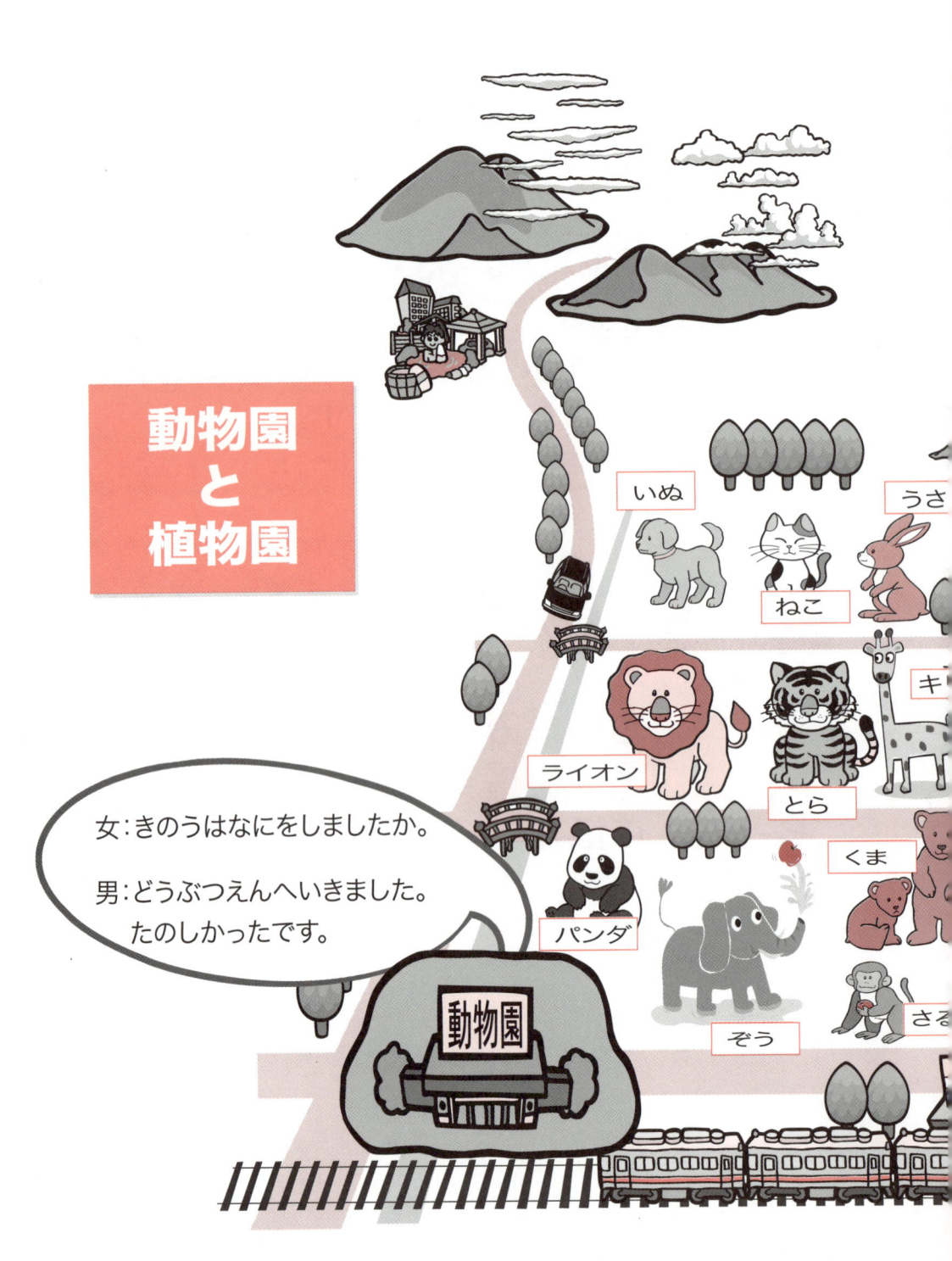

女：きのうはなにをしましたか。

男：どうぶつえんへいきました。たのしかったです。

- いぬ
- ねこ
- うさ（ぎ）
- ライオン
- とら
- キ（リン）
- パンダ
- ぞう
- くま
- さる

111

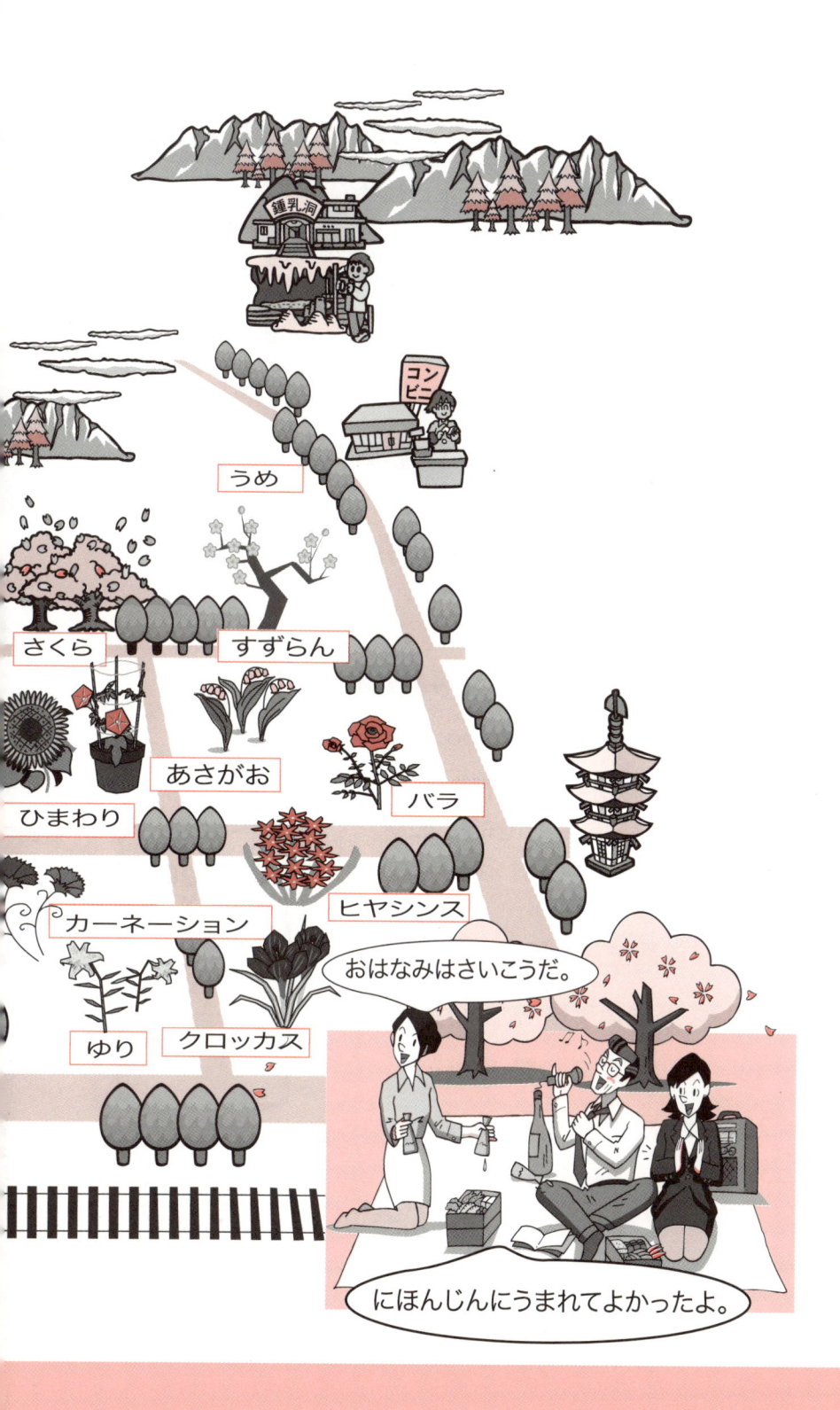

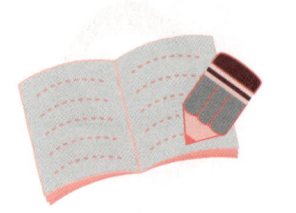

【QR即學即用 11】

16K+
QR-Code
線上音檔

小白到大神
一寫就會 日語變身大神
50音
60天！6分鐘學會一行字
圈字練寫　小句輕聊　假名開口

- ■ 發行人／林德勝
- ■ 著者／西村惠子, 林勝田, 山田社日檢題庫小組　合著
- ■ 出版發行／山田社文化事業有限公司
  地址　臺北市大安區安和路一段112巷17號7樓
  電話　02-2755-7622　02-2755-7628
  傳真　02-2700-1887
- ■ 郵政劃撥／19867160號　大原文化事業有限公司
- ■ 英‧日語學習網／https://www.stsdaybooks.com/
- ■ 總經銷／聯合發行股份有限公司
  地址　新北市新店區寶橋路235巷6弄6號2樓
  電話　02-2917-8022
  傳真　02-2915-6275
- ■ 印刷／鴻友印前數位整合股份有限公司
- ■ 法律顧問／林長振法律事務所　林長振律師
- ■ 書+QR碼+筆順視頻／定價　新台幣 149元
- ■ 初版／2025年9月

© ISBN：978-986-246-911-8
2025, Shan Tian She Culture Co., Ltd.

著作權所有．翻印必究
如有破損或缺頁，請寄回本公司更換

日語學習網站

線上下載
朗讀音檔

112